【籤詩現代版】

天光雲影

林柏維◎著

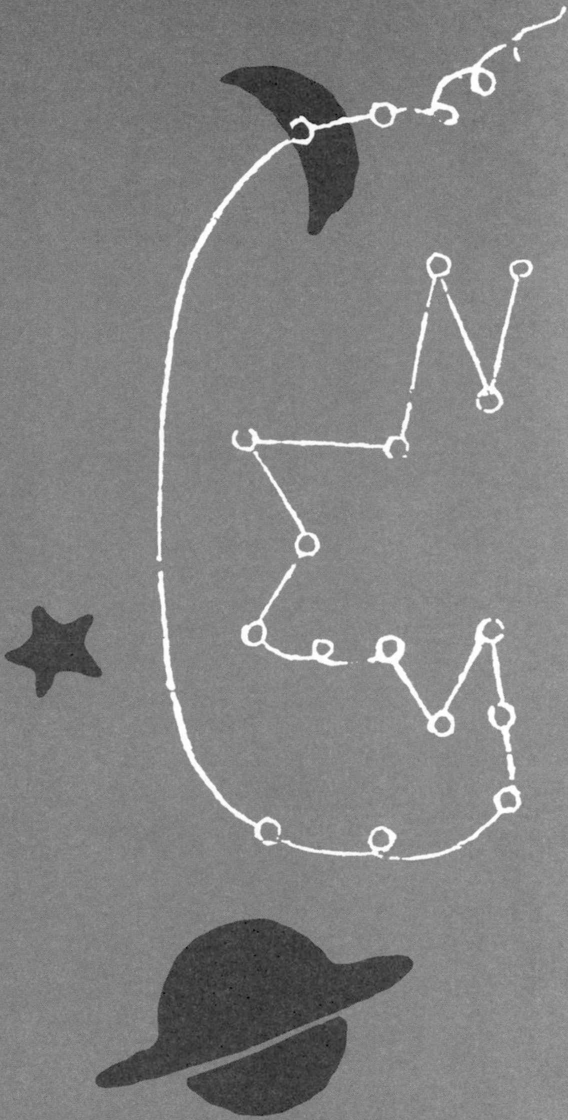

局長序　臺南繁花盛開　文學盡訴衷曲

臺南是一座屬於自然的城市：燦爛奪目的陽光照耀大地，盛開的蓮池飄散著清甜幽香；萬紫千紅的蝴蝶蘭綻放飛舞，隨著水雉展翅翱翔天際。

臺南是一座處處有情的城市：無論是鳳凰花開的離別衷曲，或是晚秋雨中的詩意採菱；冬夜漁家的揚帆滿載，還是稻香大地的揮汗淋漓，臺南斯土斯民、豐榮物產，透過文學的魔力，都成為這座城市最美好的風景。

臺南是一座萬紫千紅的城市，適合人們作夢、幹活、戀愛、結婚、悠然過生活。落花水面、好鳥枝頭、豐饒物產、人文風情，在在都撩動文人的心思，將書頁上的文字揮灑於吹拂的南風中，走過一頁頁歌詠的篇章。

致力發揚文學魅力的《臺南作家作品集》，每輯都嚴選作品、邀請在地優秀作家創作，為城市中的文學多元樣貌打造更安身立命的生長環境。本次第八輯收錄三位作家作品及四位推薦邀約作品，合計七部優秀的臺南文學作品集，文類跨越詩、散文、小說、兒童文學，承襲以往各輯的兼容並蓄。

本輯徵選作品中，謝振宗《臺南映象》以臺南地景人文發抒，詩作深入淺出、極富意象；陳志良詩集《和風 人隨行》意境高遠，語言和表達手法富創意，讀來頗有興味；林柏維《天光雲影【籤詩現代版】》以寺廟籤詩與作者四行小詩對比打造現代版籤詩，構想傑出、別具匠心。推薦邀約作品方面，則有對臺灣文學研究與翻譯極具奉獻的《落花時節：葉笛詩文集》；治史嚴謹且懷抱人道精神的《許達然散文集》；一生奉獻臺灣新劇的日治文學創作家林清文所著小說《太陽旗下的小子》；熱愛兒童文學因此創作豐富多彩的《陳玉珠的童話花園》。

今日的選輯，許多早已膾炙人口，更為明日本土經典生力軍。臺南文學永續耕耘，期待才人輩出、代代相承，一朝風采昂揚國際，盡訴古都衷曲。

臺南市政府文化局
局長 葉澤山

總序　文學森林的新株

文／李若鶯

臺南，文學藝術的城市，與文學相關的活動、文學的人才、文學的刊物，在國內都能引領風騷，堪稱一座文學的森林。在這座森林裡，有個區塊，是文化局兢兢業業經營的，自闢地以來，持續開墾，蒐尋適合種植的樹木，每年選種幾棵新的樹，掖肥使其根深枝茂長大成蔭，這就是「臺南作家作品集」。

一〇七年度「臺南作家作品集」第八輯，經編審委員多次開會討論審核，出版書單如下表：

編號	作品名稱	作者／編者	類別	備註
1	太陽旗下的小子	林清文　著 李若鶯　校並序	長篇小說	推薦邀稿

編號	作品名稱	作者／編者	類別	備註
2	落花時節：葉笛詩文集	葉笛 著 葉蓁蓁／葉瓊霞 合編	詩文選集	推薦邀稿
3	許達然散文集	許達然 著 莊永清 編	散文選集	推薦邀稿
4	陳玉珠的童話花園	陳玉珠 著	兒童文學	推薦邀稿
5	和風 人隨行	陳志良 著	現代詩集	徵選
6	臺南映象	謝振宗 著	現代詩集	徵選
7	天光雲影【籤詩現代版】	林柏維 著	現代詩集	徵選

從書單看起來，可以觀察到二個現象：一、現代詩佔了二分之一，其中徵選來的，都是現代詩。二、作者不是已經謝世，就是已年逾花甲。

作家作品集的設置，原本就有向本地卓越或資深作家致敬、流傳其作品的用意，表列前三位的專書，更是基於這樣的意涵。

林清文（1919-1987）是跨越語言一代的鹽分地帶代表作家之一，名列「北門七子」，其哲嗣林佛兒（1941-2017）也是臺灣著名作家。林清文最為人稱道的是曾經為臺灣早期舞台話劇的旗手，編導演之全才，以「廖添丁」一劇風靡全臺，惜劇本散佚，傳世作品只有寥寥幾首詩和一冊長篇小說。小說初以「愚者自述」為名，在《自立晚報》連載，增刪修改後改題「太陽旗下的小子」出版，早已絕版，今重新梓刊，由其媳婦李若鶯校編。日本殖民時期的臺灣人，因為族群、居住空間、殖民身分的時間長短、教育程度等等諸多不同因素的制約，對殖民者日本的感情十分複雜，感恩愛戴、懷恨憎惡的皆有之。林清文屬於一心向漢、敵視日本者，本書由作者出生追述到二十歲，對日治時期的農村、教育、個人生活與情感的糾葛等等，都作了告白式的敘述。

葉笛（1931-2006），如果你的時代、你的活動空間和葉笛重疊，如果你也喜歡文學，而你不曾和葉笛有交集，錯肩如陌路，那真是一種損失。因為他的作品，都是人品的印證、生命的履跡。我常懷想他辭世前二、三年，我和林佛兒與葉笛夫婦時相過從、縱歌放論的快意時光。葉笛的創作，雖然以散文和詩為主，他晚年一系列對臺灣早期作家的論述，篇篇擲地有聲，是研究臺灣文學非常重要的文獻。本書由葉笛哲嗣葉蓁蓁與葉瓊霞教授合編，精選其散文與詩作佳篇，希望讀者讀的不僅是作品，也能由其中看見一位人格者的內在風景。

許達然（1940-），國際知名清史和臺灣史研究學者，臺灣當代最重要的散文家，也是一位重量級評論家與優秀詩人。國內身兼研究學者和創作作家而都能遊刃有餘如許達然者，並不多見。許達然自年輕留學美國後，即旅居美國，但和國內學界、藝文界給終保持密切聯繫，作品迄今發表不輟。許達然和葉笛為至友，葉笛臨終前臥床數月，許達然幾乎每日從美國來電殷殷致問，情義感人。本書由莊永清教授選編，許達然的散文很有個人的獨特風格，特別在語言方面，盡量不用成語熟語，創造許多獨創的活潑語詞，讀其詩文，每有別開生面的驚歎。

本輯還有一本邀稿作品，是陳玉珠（1950-）自選集《陳玉珠的童話花園》。陳玉珠是國內知名童話作家，得獎無數。我常抱憾臺灣的童書有二大缺失：一是題材傳統守舊，老故事說來說去，卻又不能因應時代變化給予進步的思想引導；一是語言的文學性貧弱，故事是說了，情節是交待了，卻不能順便提升讀者（特別是兒童、少年）文學美學的薰陶。從這個角度看，本書是改良童書。作者自其歷來創作中精選三分之一成書，作者本身也是畫家，所以其故事充滿豐富的形象描繪，每每使讀者眼中看的是文字，腦中浮現的卻是一幕幕影像。

本輯另有三本徵選出列的作品，都是現代詩。

陳志良（1955-）是資深知名書畫家，其實，他寫詩的資歷更早，在高中時期就開始了，雖然他後來以繪畫和書法馳名，詩也沒有因此擱淺，他一直沒有停止以詩的方式記錄他的生活、他的思想、他的情感。他把詩，用繪畫般的書法表現，或題寫在畫幅中，早期文人以詩書畫三絕為藝術追求的至境，我個人認為，陳志良的作品，不管是繪畫或書法，都是詩、書、畫交融的表現。本書為作者寫詩四十餘年的自選集，作者的心境和生命觀，其實，已體現在書名中。

臺灣的作家，有很多同時是教育工作者，也許因為他們的學養，使他們具備寫作的技巧，他們從事的是與「人」相關的工作，觀察閱歷既多，塊壘自然形成，在一吐為快的催化下，作品於焉誕生。但也不可晦言，教職者的創作與專業作家相較，常顯得在語言的活潑與題材的創意方面略遜一籌。本輯二位徵選脫穎的教師作家，卻難能可貴的表現了專業作家的水準。謝振宗（1956-）在臺南教育界服務三、四十年，因地隨事摭拾而成詩，把與臺南相關的都為一集，《臺南映象》留下歷史的紀錄，也留下個人的行蹤形影。林柏維（1958-）的《天光雲影【籤詩現代版】》，看標題就很吸引人想一探究意。我年輕時，曾想過把中國經典《詩經》的每一首，都改寫為現代詩，行動力不足，沒能實現。林柏維的作品並非改寫，而是被「籤詩」觸動後的自由發想，每首詩既是自己的情思哲理的映現，又要與原籤有所呼應，若即若離，不即不離，更不容易，是首開前例的作品。

最後，恭喜臺南市的作家有機會出版、流傳他們的佳作大著，恭喜臺南市政府，轄下有這麼多文學人才，年年有優秀的作品再接再勵。希望以後有更多樣的書籍、更多年齡層的拔秀作家，一起徜徉府城這座文學森林。

推薦序

解天光，識雲影：讀林柏維第二詩集《天光雲影：籤詩現代版》

文／向陽

一、

《天光雲影：籤詩現代版》是我家老三柏維的第二本詩集，距去（二〇一八）年九月，南投縣文化局才剛為他出版處女詩集《水沙連》不久，旋即又由台南市文化局出版這本相當獨特的詩集，以現代詩詮解台灣各廟寺皆有的籤詩，已入花甲的他，老來重拾詩筆，而創作力又如此旺盛，不能不說是「大隻雞慢啼」了。

卻也未必如此。柏維就讀高中時就已是文青，擔任文藝社社長、校刊主編，寫詩寫散文，外加美術編輯，樣樣都會，早非等閒；就讀輔仁大學歷史系時，更是勇奪輔仁文學獎。當年的他，如果持續文學創作，今天也該是著作等身了。遺憾的是，兩個原因讓他中止了創作之路，一是他大學畢業即考上中國文化大學史學研究所碩士班，一九八四年服役，在戒嚴年代的中國史學主流下，他走入當時尚稱荒蕪的台灣歷史研究，導致他的文學創作中輟——但這非壞事，他的碩論研究日治年代的台灣文化協會，其後出書《台灣文化協會滄桑》，至今仍是研究文協必須參考的重要文獻；原因之二，應屬

「不可考」，據說是因為當時他寫完詩，交給我閱讀，我總是東改西改，讓他失去了創作的喜悅和信心——果真如此，我就罪莫大焉了。（後來，他自我解嘲說：我們家已有兩個詩人，夠了！）

研究所畢業後，柏維受聘南台工專（今南台科技大學）教歷史，此後即定居台南，認真教學、研究，又兼行政工作多年，未再創作，讓我常常抱愧於心。當年若我不對他求好心切，任他快樂創作，或許就不致揠苗而不見花葉了。所幸，詩的根長植，幾年前，我到台南，夜宿他家，當晚他拿出新寫詩稿給我看，這是他停筆三十多年後重提詩筆，意義重大；我這次學聰明了，先東誇西誇，說他詩好，再找幾個無關緊要的用詞，建議他代換看看。沒想到，這座熄火山居然自此大噴發，因而有了前後不到三年，兩本詩集接續出版的可觀成果。而他在臉書上仍頻繁貼出他的新作，源源不絕，多有佳作，各大詩刊也都可看到他的詩作登出，今年作品入選《2018台灣現代詩選》……。這隻慢啼的大隻雞，啼聲果真渾厚動人！

二、

柏維的第一詩集《水沙連》，於二〇一七年入選《南投縣文學家作品集》第二十四輯，評審委員會對他這本詩集的評價是：「《水沙連》寫景有文史，寫生活有意趣；生命裡有人情，時事中有關懷。詩思、詩句均佳。」這本詩集以地誌入詩，寫我們的故鄉土地與人文，他是歷史學者，以歷史知識與歷史感寫入詩中，更讓土地之詩多了厚重的紋理；他的創作情感真淳，寫人、寫土地，乃至議論時事，也都能表現動人的情意和趣味。以這樣穩健的腳步出發，他還有走長路的本錢。

這本第二詩集《天光雲影》表現出了異於《水沙連》的創意和風格，也展現了柏維新的創作意圖和小詩創作能力。他在〈自序〉中這樣說：

《天光雲影》以媽祖六十籤為依歸，取其原始籤意及所屬易經八卦之卦象，避開原詩的內容題趣，另闢詩路，因此，詩集特意標明「籤詩現代版」，標幟著所有籤詩皆屬創作，並非傳統籤詩的續筆、註解；如有前衛之廟宇結緣採用，也能將傳統籤詩取而代之。

詩集中的作品因此是根據既有的籤詩文本，以現代詩的語言「再詮釋」的新文本。這一種再解構的創作過程，一如羅蘭・巴特（Roland Barthes, 1915-1980）〈從作品到文本〉一文所說的「互文」，藉由舊文本的引證與參照，產生新的具有開放性與流動性的文本。柏維說這些現代籤詩「並非傳統籤詩的續筆、註解」，理由在此。

傳統寺廟籤詩往往連結／聯繫傳統民俗、信仰的感覺結構，迄今仍是多數台灣人日常生活的借鑑或指引，「凡事問籤詩」，到寺廟中拜拜求籤，問家運、問婚姻、問求兒、問求財、問功名、問出外、問經商……，一籤搞定。信仰虔誠者奉為圭臬，凡事依籤詩指示而行；即使只是求個心安，籤詩也有定心的效果。傳統籤詩到了今天的現代社會之依然存續，與人處世亂，祈求平順的心有莫大關聯，這是社會集體心理深層的共同結構，面對幻變與不可預知的世界和明天，籤詩上可解、不可解的詩句，彷彿就是暗夜明燈，可供人撥雲見日吧。

不過，傳統籤詩都以傳統「七言絕句」的形式出之，求其曉暢易解，不求文辭之美；其目的在解求籤者人生困惑，亦非意境之高懸或深沉。以之為「詩」，似稍嫌勉強。而在當代情境中，有無可能以現代生活語言入之，新寫現代籤詩？這早在二〇〇一年就有詩人學者林明德加以提倡，當時台北霞海城隍廟特別邀請林明德、顏艾琳、沈花末、路寒袖、賴芳伶、陳義芝、焦桐、蕭蕭、白靈和我共十位詩人以現代詩替廟內籤詩新解（《百首籤詩心解》，台北市文化局，二〇〇二），曾經受到矚目。

柏維的現代籤詩因此並非首創，但若就完整度來說，他這系列的創作則有推陳出新，再現籤詩新文本的力道。傳統籤詩在台灣寺廟，各有版本，一如他在〈自序〉中所整理，要者有四：一為〈媽祖六十籤〉，二為〈雷雨師一百籤〉、三為〈觀音一百籤〉、四為〈澎湖天后宮一百籤〉（另有〈保生大帝六十籤〉）。他這本詩集選擇的底本為〈媽祖六十籤〉，此一文本以甲子序，又稱〈六十甲子籤〉，大概是比較常見的版本吧。

從解構的角度說，傳統籤詩流傳久遠，籤文均已定型，解籤也有一定的模式可循，現代詩人如何既對照又逸出，形成新的互文，產生新的語境，這可能是最大的考驗。〈媽祖六十籤〉的第一籤【甲子】這樣寫：

日出便見風雲散
光明清淨照世間
一向前途通大道
萬事清吉保平安

從文字上看，日出雲散、光明普照、前途大道、萬事平安，就知凡事大吉大昌，詩人如何寫新詞、翻新意，並不容易。柏維的現代版是這樣寫的：

〈晴〉

陽光一現，雲靄都隱居山谷
心地吹拂清風，憂愁
不辭而別，萬水為我讓路
船過處，蘆葦紛紛拍手

「日出便見風雲散」，他改以「陽光一現，雲靄都隱居山谷」表現，頗富新意；但更大的突破，則是將「一向前途通大道／萬事清吉保平安」的平順無奇之詞，巧妙地轉化為「萬水為我讓路／船過處，蘆葦紛紛拍手」，萬水讓路，氣魄非凡，「船過處，蘆葦紛紛拍手」，更見氣象，且有禪宗「一葦可渡」的思想內蘊。這首現代籤詩脫胎自傳統籤詩，卻能以開闔自如的現代語言，表現〈甲子籤〉的意蘊，而又不受限於原籤的平順，因而創造了即使不作籤詩也自有生命的新文本。開篇如是，已可見詩人的自鑄新詞的功力。

再舉第八籤第八籤【乙卯】，原句為「禾稻看看結成完／此事必定兩相全／回到家中寬心坐／妻兒鼓舞樂團圓」，寫稻子節飽滿之穗，有時機成熟、水到渠成之兆，可寬心慶收。詩人以〈結穗〉為題，如此新銓：

心血和禾苗一齊沐浴霜雨

拂過春風，曬過夏日
秋收的心情是垂首等待
金黃笑容結滿稻穗

從「霜雨」、「春風」、「夏日」到「秋收」，四季的輪序為原籤所無，時序的進入，才讓稻穗的飽滿理由充足；「秋收的心情是垂首等待／金黃笑容結滿稻穗」，較諸原籤「回到家中寬心坐／妻兒鼓舞樂團圓」更見鮮亮活潑。

大吉或中吉籤如此，詩人又如何處理凶籤？第二十籤【丁卯】這樣寫：

「前途功名未得意／只恐命內有交加／兩家必定防損失／勸君且退莫咨

嗟」，兆的是事業不順、功名不成、命有厄運，需防損失，且暫前進。這個籤詩說得很白，改以現代詩新銓，更為困難。詩人的現代詩籤以〈失路〉為題，如此呈現：

勝景總愛藏幽微，去路難尋
斷崖成路障，來路也來刁難
峭壁站兩旁，落石砸向人生
也罷，擇日再來

「去路難尋」點出原籤主旨，化用王勃「關山難越，誰悲失路之人？」

句，而以「斷崖成路障，來路也來刁難／峭壁站兩旁，落石砸向人生」鮮活地寫出失路之人的進退失據；更令人叫絕的則是末句「也罷，擇日再來」，將窮絕之境的無奈與自我調侃寫到入骨，讓人哭笑不得，而又能具體顯現原籤「且退莫咨嗟」的警示。

還有原籤第三二籤【己卯】，寫龍虎相爭：「龍虎相交在門前／此事必定兩相連／黃金忽然變成鐵／何用作福問神仙」，也屬凶兆。詩人的新寫，將當前台灣政壇的群雄並起，相互惡鬥代入，別有新意：

朝野忘記簽下惡鬥時間表

市場裏到處論斤販賣治國理念

經濟崩盤猶如繁華謝落的花泥
難難難，神仙敲不響和平鐘

此詩題目為〈相爭〉，在華語為「龍虎相爭」，兩敗俱傷；在台語為「相爭無好話」，相互鬥臭，一語雙關，且以政治議題入籤詩，恐為歷來籤詩所無；末句「難難難，神仙敲不響和平鐘」為神來之筆，諧謔而沉痛。

這本詩集計收現代籤詩六十首，僅舉以上四首詩作為例，比對〈媽祖六十籤〉原籤文本，多少可以說明詩人以「籤詩現代版」新解舊籤詩的匠心獨運與脫舊創新。柏維的新文本，脫胎自〈媽祖六十籤〉，而又超脫之，這樣的新銓，讓我們在對照舊文本的過程中，發現了他的詩作的互文性和流動性。讀他的現代籤詩，對照媽祖廟的舊籤詩，也因此產生了閱讀文本的愉悅。這都是這本詩集可貴之處。

三、

身為柏維的大哥，從小看著他長大，童年時三個兄弟（我、林彧和他）搶食物、搶玩具、搶棉被，他是老么，終究是弱者，只宜忍讓，有時難免生氣，終究無可奈何。小時家中開店賣書，則是三兄弟共享的精神食糧，是我們中學階段共同的記憶和文學生命的初萌。

很高興看到柏維繼《水沙連》詩集之後，又有新詩集《天光雲影》之出。

名為現代籤詩的這集詩作六十首，即使不以籤詩面貌出現，以現在流行的「截句」來讀，也自有獨立生命，將截句的跳脫、斷裂和出奇表現得淋漓盡致。籤詩之後，我想，以四句為形式的小詩，應該可以是柏維可繼續發展的書寫方向。

我願推薦讀者讀這本詩集，不只是因為身為柏維大哥的義務，也是因為我們的現代寺廟一直沿用的傳統籤詩，在這本詩集出版之後，出現了可以思考、可以代換的新的空間。比照舊籤和新籤的對話、互文，在閱讀上本來就充滿新的發現和愉悅，天光待解，雲影待識，詩的想像和生命的想像，都在這本詩集之中。

二〇一九年五月十二日　母親節，暖暖

自序

喜樂緣生

一九七五年，我在台中讀高中時，假日閒盪，偶然見到一尊佛像高高聳立前方，走近觀看，始知是寶覺寺彌勒大佛，寺廟庭外也有一尊約莫人身大小的斜坐彌勒佛，佛旁豎立石碣，上書：「大肚包容了卻人間多少事，滿腔歡喜笑開天下古今愁。」一對強說愁年紀的我有著不小震撼，靜思良久，若有啟發。四十年後（二〇一五年三月），因母親養痾太原路而常回台中，遂得空舊地重遊，驚覺寺廟已更新擴建，周圍景觀與往昔大為不同，唯獨這尊彌勒佛依然故我：笑口常開。

入寺中，見此處也有擺置籤詩，隨意抽了張甲子籤，誠所謂：「日出便見風雲散，光明清淨照世間。」人生在世或有歧路險阻，卻也率為坦途居多，心靈澄淨何慮諸般吵擾，縱有煩惱緣生，自也是一笑解千愁。這籤隨我回台南，蟄伏玻璃墊下兩年，不時笑看重開詩路的我，呵呵，籤詩能以七言絕句格式見世，自然也可以現代詩的樣式見人，幾番思索後，遂提筆詩寫，並以生活為創作題材，不忌時事，興來即書。

台灣的寺廟大都附有籤詩，供信徒膜拜神明後祈求指引之用，這些傳統籤詩應出自封建時代之鄉紳手筆，究係何人所書有待史家查考，大體上，台灣所見籤詩可分為幾類：其一、媽祖六十籤，為媽祖廟、王爺廟及一般寺廟採用；其二、雷雨師一百籤（關帝籤、城隍籤），多為關帝廟、城隍廟所採用；其三、觀音一百籤，以龍山寺為代表；其四、澎湖天后宮一百籤，為台南大天后宮、鹿港天后宮、台北關渡宮所採用。

《天光雲影》以媽祖六十籤為依歸，取其原始籤意及所屬易經八卦之卦象，避開原詩的內容題趣，另闢詩路，因此，詩集特意標明「籤詩現代版」，標幟著所有籤詩皆屬創作，並非傳統籤詩的續筆、註解；如有前衛之廟宇結緣採用，也能將傳統籤詩取而代之。

《天光雲影》之每一籤詩依循傳統採甲子編號，詩之末尾附上八卦卦象（傳統籤詩使用陰陽圖號），在編排上，每一籤詩之左方頁皆附上相對應之照片，每一籤詩之下方則抄錄傳統籤詩，並擺置自寺廟蒐集而來之籤詩圖樣，做為交互參照之用，抄錄詩文或有與籤詩圖樣歧異者，乃因往昔寺廟間相互傳抄所致，請恕本詩集不做考證工作。

一路寫來，為了避免詩意、詩趣、詩風太過雷同，總是時寫時停，因此這一「媽祖六十甲子籤」現代版走了一年才完成。年來，我的籤詩現代版創作也陸續於臉書和好友共享，得到許多鼓勵和寶貴的指正意見，非常感謝這些識或不識的「粉絲」們一路相挺，謝謝啊！

目次

籤詩現代版

晴

籤詩現代版

01 甲子籤

陽光一現，雲靄都隱居山谷
心地吹拂清風，憂愁
不辭而別，萬水為我讓路
船過處，蘆葦紛紛拍手

（八卦：乾乾。1.乾為天）屬金利秋 宜其西方

六十甲子籤

第一籤【甲子】

（○○○ ○○○）屬金利秋 宜其西方

台南德安宮
五府千歲
甲子籤 屬金利在秋天宜其西方
包公請雷驚仁宗
日出便見風雲散
光明清淨照世間
一向前途通大道
萬事清吉保平安
第一籤（○○○ ○○○）
⊙解曰
作事難成 移居得安
病人末日瘉 求財輕微
尋人月光在 疾病平安
六甲生男難養 失物左方
歲君清吉 功名有
詞訟平和而亡事事在援 婚姻允成
年冬平常 求雨尙求

春光

籤詩現代版

02 甲寅籤

草木在大地巍巍顫顫中甦醒
撲鼻梅花掀起清香，百花綻放
笑容，爭相裸露春光，誘人
沉醉花海換得心靈沐浴

（八卦：坎艮。39.水山蹇）屬水利冬　宜其北方

六十甲子籤

第二籤【甲寅】

（●○● ○●●）屬水利冬 宜其北方

台南德安宮

五府千歲

甲寅籤 屬水利在冬天宜其北方

陳東初祭梅 趙子龍救阿斗

于今此景正當時
看看欲吐百花魁
若能遇得春色到
一酒清吉脫塵埃

第二籤（○○● ○●○）

⊙解曰

買兒	好	移居	不可
出外	春好	求財	先有後無
作事	二次成	疾病	平平
六甲	生男難固生女好	失物	緊尋後見
歲君	中和	功名	不中秋月進
詞訟	損無難事	婚姻	允好
年冬	早八分允九分	求雨	甲子日得有

等

機會與列車競相奔馳
收件名單無，煩憂也無，我
心裡有一寬廣信箱，善於等待
美麗，專屬的風景

（八卦：乾坎。6.天水訟）屬火利夏 宜其南方

六十甲子籤

第三籤【甲辰】

（○○○●○●）屬火利夏 宜其南方

台南德安宮

五府千歲

甲辰籤 屬火利在夏天宜其南方 朱德武入寺相分明

勸君把定心莫慮
天註姻緣自有餘
和合重重常吉慶
時來終遇得明珠

第三籤（○○○●○●）

⊙解曰

移居	好	得安	
出外	好	求財	和時多無則輕
作事	二次成	疾病	平安
六甲	生男難固生女好	失物	難尋月光在
歲君	安和	功名	後科難月暗有
詞訟	換官即好二個月完	婚姻	可成
年冬	八分	求雨	過日自有

月圓

籤詩現代版

04 甲午籤

星空將遼闊讓給月亮
圓潤笑臉映照寧靜夜色
忍不住的月光，追逐
河面水波，輕輕盪漾

（八卦：坤兌。19.地澤臨）屬金利秋 宜其西方

六十甲子籤

第四籤【甲午】

（●●● ●○○）屬金利秋 宜其西方

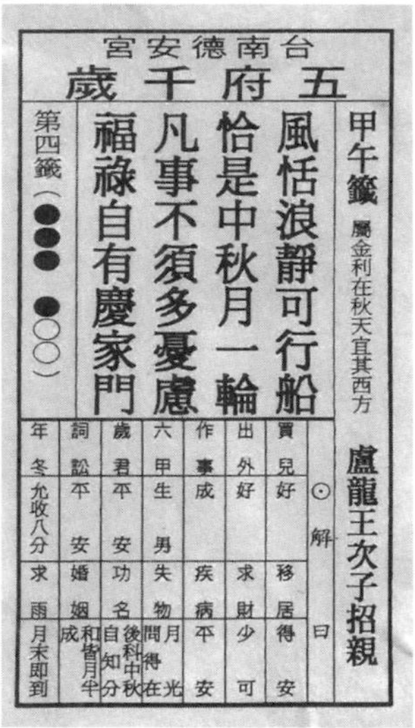
台南德安宮

五府千歲

甲午籤 屬金利在秋天宜其西方

盧龍王次子招親

風恬浪靜可行船

恰是中秋月一輪

凡事不須多憂慮

福祿自有慶家門

第四籤（●●● ●○○）

⊙解曰

買兒	好
出外	好
作事	成
六甲	生男
歲君	平安
詞訟	平安
年冬	允收八分
移居	得安
求財	少可
疾病	平安
失物	月光問得在
功名	後科中秋自知分
婚姻	和皆月半成
求雨	月末即到

金星

烏雲聚攏，爭相遮蓋夜色
星輝總能從雲隙洩出微笑
優先守住晨曦，常伴明月
金星燦爛依然

（八卦：兌離。49.澤火革）屬水利冬 宜其北方

六十甲子籤

第五籤【甲申】

（●○○ ○●○）屬水利冬 宜其北方

台南德安宮

五府千歲

甲申籤 屬水利在冬天宜其北方

只恐前途明有變
勸君作急可宜先
且守長江無大事
命逢太白守身邊

第五籤（●○○ ○●○）

王翦戰袁達

⊙解曰

買男兒	不吉	求財	輕微不吉得無
出外	下半年好	大命	充好
作事	起倒前	失物	急問必有
六甲	頭胎生女去即生男	功名	先難後有
歲君	平安	婚姻	不吉難成
官事	宜和拖尾	求雨	朝夕即有
年冬	平正		
移居	不好		

暴雨

籛詩現代版
06 甲戌籛

窗外，悲苦惆悵都在嚎啕大哭
星光與月色也躲在烏雲深處掉淚
落在屋頂，拼命打乒乓球
夜黑孤枕，水漲聲不斷傳來

（八卦：離乾。14.火天大有）屬火利夏 宜其南方

六十甲子籤

第六籤【甲戌】

（○●○ ○○○）屬火利夏 宜其南方

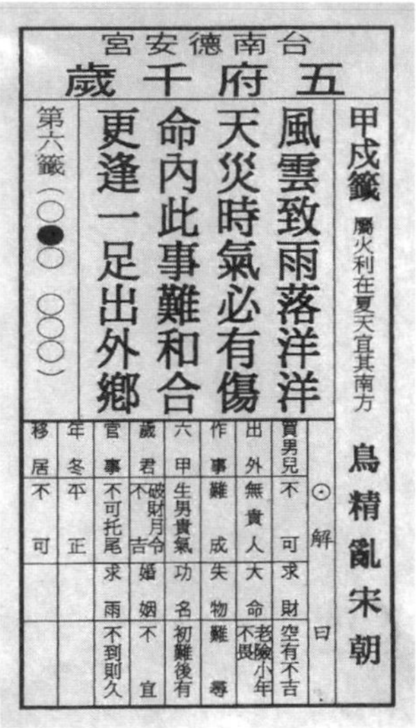

台南德安宮

五府千歲

甲戌籤 屬火利在夏天宜其南方

風雲致雨落洋洋
天災時氣必有傷
命內此事難和合
更逢一足出外鄉

第六籤（○●○ ○○○）

鳥精亂宋朝

⊙解曰

買男兒	不可	求財	空有不吉
出外	無貴人	大命	老險小年不畏
作事	難成	失物	難尋
六甲	生男貴氣	功名	初難後有
歲君	破財月令不吉	婚姻	不宜
官事	不可托尾	求雨	不到則久
年冬	平正		
移居	不可		

籤詩現代版

07 乙丑籤 緣定

08 乙卯籤 結穗

09 乙巳籤 殿堂

10 乙未籤 春泥

11 乙酉籤 撥雲

12 乙亥籤 波平浪靜

緣定

清朗藍天問候微笑，千里外
松風邀來雲霓，共舞林野
脈脈青山擁著相異江河
與天際線約會黃昏

（八卦：巽坎。59.風水渙）屬金利秋　宜其西方

六十甲子籤

第七籤【乙丑】

（○○●●○●）屬金利秋 宜其西方

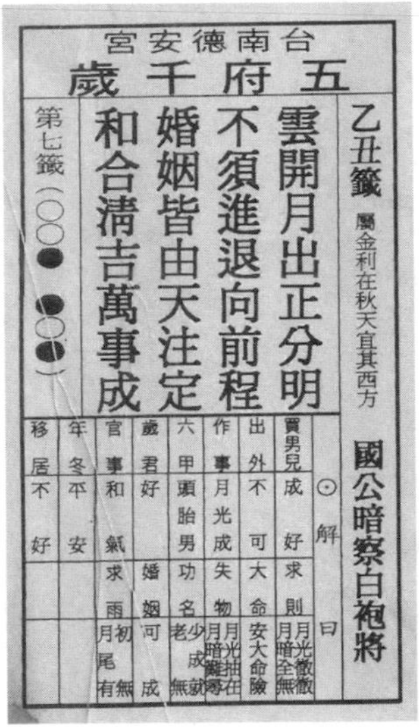

台南德安宮

五府千歲

乙丑籤 屬金利在秋天宜其西方 國公暗察白袍將

雲開月出正分明
不須進退向前程
婚姻皆由天注定
和合清吉萬事成

第七籤（○○●●○●）

⊙解曰

買男兒	成好	求則	月光徹徹 月暗全無
出外	不可	大命	安大命險
作事	月光成	失物	月光抽在 月暗難尋
六甲	頭胎男	功名	少成就 老無
歲君	好	婚姻	可成
官事	和氣	求雨	初無 月尾有
年冬	平安		
移居	不好		

結穗

心血和禾苗一齊沐浴霜雨
拂過春風，曬過夏日
秋收的心情是垂首等待
金黃笑容結滿稻穗

（八卦：艮坎。4.山水蒙）屬水利冬　宜其北方

六十甲子籤

第八籤【乙卯】（

○●●●○●）屬水利冬 宜其北方

台南德安宮

五府千歲

乙卯籤 屬水利在冬天宜其北方

薛仁貴回家

禾稻看看結成完
此事必定兩相全
回到家中寬心坐
妻兒鼓舞樂團圓

第八籤（○●● ●○●）

⊙解曰

買男兒好	求財重有
出外不可	大命可安
作事難成	失物到尋不日即歸
六甲生男	功名不中秋月可進
歲君和氣	婚姻和偕
官事定著	求雨月尾即有
年冬允收	
移居得安	

籤詩現代版

09 乙巳籤

殿堂

取得殿堂門票，名師垂青
提點，坐這山望那山
峰峰迷戀，還尋通幽曲徑
山有歸，無山可詢路

（八卦：坤乾。11.地天泰）屬火利夏 宜其南方

六十甲子籤

第九籤【乙巳】

（●●● ○○○）屬火利夏 宜其南方

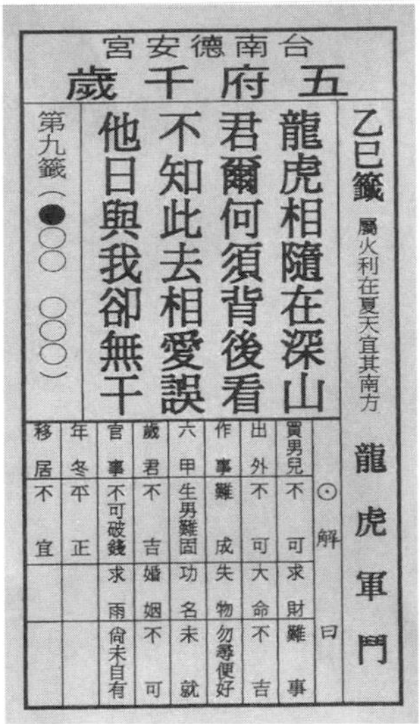

台南德安宮

五府千歲

乙巳籤 屬火利在夏天宜其南方

龍虎相隨在深山
君爾何須背後看
不知此去相愛誤
他日與我卻無干

第九籤（●○○ ○○○）

龍虎軍門

⊙解曰

買男兒	不可	求財	難事
出外	不可	大命	不吉
作事	難成	失物	勿尋便好
六甲	生男難固	功名	未就
歲君	不吉	婚姻	不可
官事	不可破錢	求雨	尙未自有
年冬	平正		
移居	不宜		

籤詩現代版

10 乙未籤

春泥

英容煥發，燦爛笑開清明
昨夜風來，驟雨也不甘寂寞
一地花謝，美麗向夕照告別
春泥入土，傷悲留給秋分

（八卦：震坤。16.雷地豫）屬金利秋　宜其西方

六十甲子籤

第十籤【乙未】

（●●○ ●●●）屬金利秋 宜其西方

台南德安宮

五府千歲

乙未籤 屬金利在秋天西方皆宜

花開結子一半枯
可惜今年汝虛度
漸漸日落西山去
勸君不用向前途

第十籤（●●○ ●●●）

岳飛掠秦檜

⊙解曰

買男兒	不可	求財	上半年空破錢
出外	不可	大命	不吉
作事	難成	失物	難尋
六甲	急生男貴氣生女	功名	急想
歲君	不順	婚姻	不可
官事	明白漸吉	求雨	朝夕即到
年冬	平不少收		
移居	未允		

撥雲

籤詩現代版

11 乙酉籤

幽暗替烏雲守候夜空
微風輕撥，夜半來清月
守得雲開，安祥隨天光
照落，雲影也微笑

（八卦：坎坎。29.坎為水）屬水利冬 宜其北方

六十甲子籤

第十一籤【乙酉】

（●○●●○●）屬水利冬 宜其北方

台南市
護東宮
五府千歲

乙酉籤 屬水利在冬天宜其北方

靈鷄漸漸見分明
凡事且看子丑寅
雲開月出照天下
朗君即便見太平

第十一籤（●○●●○●）

韓文公過秦嶺湘子掃霜雪

◉解曰

買男兒不可 求財漸漸有
出外子丑寅可行 大命不畏
作事雞成子丑寅日柏成 失物西方尋仔在
六甲生男貴氣 功名進中
歲君順吉 婚姻合
官事有人和吉三月完局 求雨近日有
年冬順好
移居平安

波平浪靜

籤詩現代版
12 乙亥籤

昔時台江不再風雲湧動，緩行
鹽水溪河，粼粼水波引來薰風
浮雲映照水色，葦花喜送輕舟
船過處，寬闊星空攜水出安平

（八卦：兌兌。58.兌為澤）屬火利夏 宜其南方

六十甲子籤

第十二籤【乙亥】

（●○○ ●○○）屬火利夏 宜其南方

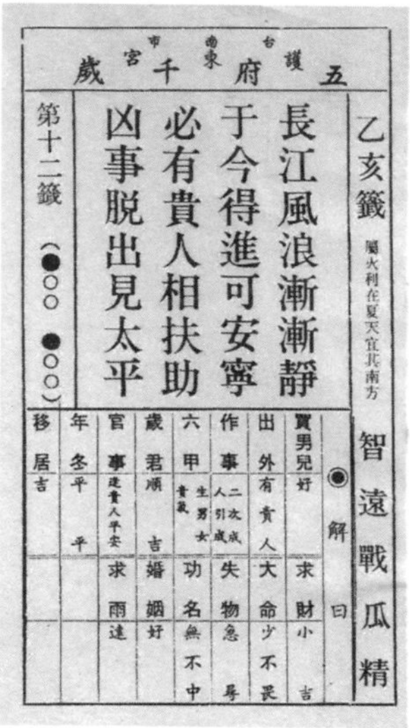
台南市
護東宮
五府千歲

乙亥籤 屬火利在夏天宜其南方

長江風浪漸漸靜
于今得進可安寧
必有貴人相扶助
凶事脫出見太平

第十二籤（●○○ ●○○）

智遠戰瓜精

◉解曰

買男兒好 求財小吉
出外有貴人 大命少不畏
作事二次成人引成 失物急尋
六甲生男女貴氣 功名無不中
歲君順吉 婚姻好
官事遇貴人平安 求雨遠
年冬平平
移居吉

籤詩現代版

籤詩現代版

13 丙子籤

擱淺

與逆流約會總在船行順暢時
諸神佑我躲過暗礁伏流
一個轉彎，乍見沙洲等待拜訪
華麗飄移後，依然擱淺

（八卦：震乾。34.雷天大壯）屬水利冬 宜其北方

六十甲子籤

第十三籤【丙子】

(●●○ ○○○)屬水利冬 宜其北方

五府千歲

台南市

護東宮

丙子籤

屬水利在冬天宜其北方

命中正逢羅孛關
用盡心機總未休
作福問神難得過
恰是行船上高灘

第十三籤 (●●○ ○○○)

撐渡伯行船遇太歲

◉解曰

買男兒	不可	求財	較難先獲得
出外	不可	大命	少年不畏老年不好
作事	難成	失物	未日在托人只有
六甲	生男貴氣	功名	難成
歲君	沒沒凶事不異	婚姻	宜吉難成
官事	平安	求雨	遠近日無
年冬	平正	來人	未日到
移居	人去物移現運不好		

結果

春光溫煦照拂，穗花
競相奔放，薰風聲聲催促
笑意懸吊樹梢，青果易顏
金黃，等待豐收一季

（八卦：艮兌。41.山澤損）屬火利夏 宜其南方

六十甲子籤

第十四籤【丙寅】

(○●●●○○)屬火利夏 宜其南方

台南市
護東宮
五府千歲

丙寅籤
屬火利在夏天宜其南方

財中漸漸見分明
花開花謝結子成
寬心且看月中桂
朗君即便見太平

第十四籤
(○●●●○○)

桃園三結義

◉解曰

買男兒	平 正	求財	月暗不好 月尾
出外	不 可	大命	夫妻不好 月半不畏
作事	難 成	失物	西方尋
六甲	男富貴女	功名	做事月光 月暗不成
歲君	中 和	婚姻	隨便好 運來
官事	拖尾破才	求雨	月尾有 月半無
年冬	平 平	來人	月尾到
移居	吉		

遇

人生際遇不同，常嘆伯樂未遇
機遇流失，懷才也不得禮遇
縱使巧遇良師，遭遇每都困頓
老來偶遇，驚見所遇非人

（八卦：巽巽。57.巽為風）屬土利年　四方皆宜

六十甲子籤

第十五籤【丙辰】

（○○●○○●）屬土利年 四方皆宜

台南市 護東宮 五府千歲

丙辰籤 屬土利在四季三六九十二月

渭水河太公釣魚

八十原來是太公
看看晚景遇文王
目下緊事休相問
勸君且守待運通

第十五籤（●○○ ○○●）

解曰

買男兒 平正　求財 先有後有口舌
出外 不可　大命 漸漸好
作事 難成　失物 後尋八月在
六甲 先女後男貴氣　功名 無晚遇
歲君 先平後吉　婚姻 隨便允成
官事 允可和　求雨 不日到
年冬 中和　來人 月尾到
移居 不利

籤詩現代版

16 丙午籤

無為

道路不甘平順，擺設交流道
平交道槓上快車道，非常道
打開黑白兩道那把鎖，遊戲
人間，哪條道都不歸

（八卦：乾震。25.天雷無妄）屬水利冬 宜其北方

六十甲子籤

第十六籤【丙午】

（○○○ ●●○）屬水利冬 宜其北方

台南市護東宮 五府千歲

丙午籤 屬水利在冬天宜其北方

李世民初遊地府

不須作福不須求
用盡心機總未休
陽世不知陰世事
官法如爐不自由

第十六籤（○○○ ●●○）

◉解曰

買男兒	不正	求財	先年不好 下年較好
出外	不吉	大命	少年不畏
作事	辰未日好	失物	難尋末日在
六甲	生女	功名	無遲
歲君	浮沉	婚姻	難成
官事	不害即和 結害局	求雨	不日到
年冬	平正		
移居	不利		

屋漏

籛詩現代版
17 丙申籛

舊屋老邁蹲踞山麓，失修
瓦簷殘敗破裂，碎碎如雨落
貧困哪能阻擋歡樂，笑聲修補
斑駁片牆，雨漏如甘霖

（八卦：巽兌。61.風澤中孚）屬火利夏 宜其南方

六十甲子籤

第十七籤【丙申】

（○○●●○○）屬火利夏 宜其南方

台南市 護東宮 五府千歲

丙申籤 屬火利在夏天宜其南方

姜尚未卜吉凶事 莊子破棺

舊恨重重未改爲
家中禍患不臨身
須當謹防宜作福
龍蛇交會得和合

第十七籤（○○●●○○）

◉解曰

買男兒	不可	求財	有
出外	不可	大命	求貴人
作事	不正	失物	辰巳日在
六甲	先男後女	功名	勤讀好科
歲君	淡淡	婚姻	好
官事	辰巳日完局	求雨	初初到尾
年冬	平平	來人	辰未日到
移居	隨意		

籤詩現代版

18 丙戌籤

貴人

茫茫飛躍人海，關愛
總是藏身背後，柔弱如羽
以砝碼的力量，輕輕
一推，就是寬闊的天空

（八卦：兌離。49.澤火革）屬土利年 四方皆宜

六十甲子籤

第十八籤【丙戌】

（●○○ ○●○）屬土利年 四方皆宜

台南市東護宮 五府千歲

丙戌籤 屬土利在四季三六九十二月 楊管醉玉全坐馬

君問中間此言因
看看祿馬拱前程
若得貴人多得利
和合自有兩分明

第十八籤（●○○ ○●○）

◉解曰

買男兒月光抽好 求財月光不少多
出外好有貴人 大命月光抽陰不吉
作事月光抽好 失物月光在
六甲求生 功名有
歲君得利 婚姻好
官事不袍尾月光畏 求雨不日即到
年冬好 來人月光到
移居好

籤詩現代版

19 丁丑籤 循序

20 丁卯籤 失路

21 丁巳籤 佛光

22 丁未籤 晴光

23 丁酉籤 水茫茫

24 丁亥籤 青雲

19 丁丑籤

循序

人生路途如阡陌，縱橫之間
富貴存千頃，怎捨無盡藏
米賤菜貴換蔬果，忽耕還棄
來來去去，依然故我

（八卦：坎震。3.水雷屯）屬水利冬 宜其北方

第十九籤【丁丑】

（●○●　●●○）屬水利冬　宜其北方

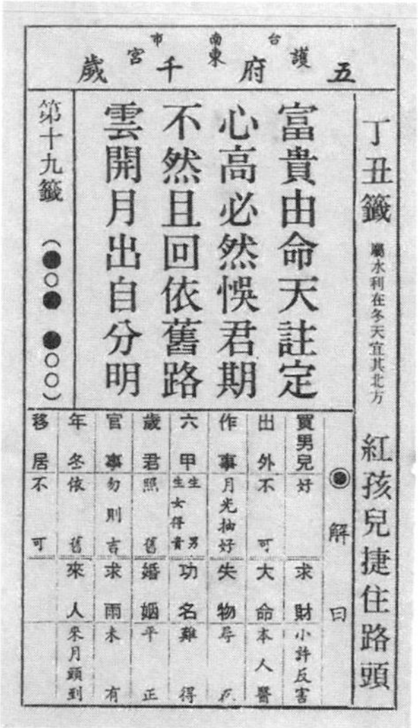

五府千歲　台南市護東宮

丁丑籤　屬水利在冬天宜其北方

紅孩兒捷住路頭

富貴由命天註定

心高必然悞君期

不然且回依舊路

雲開月出自分明

第十九籤（●○●　●○○）

解曰

買男兒	好	求財	小許反害
出外	不可	大命	本人醫
作事	月光抽好	失物	尋不
六甲	生男生女得貴	功名	難得
歲君	照舊	婚姻	平正
官事	勿則吉	求雨	未有
年冬	依舊	來人	來月頭到
移居	不可		

籤詩現代版

20 丁卯籤

失路

勝景總愛藏幽微，去路難尋
斷崖成路障，來路也來刁難
峭壁站兩旁，落石砸向人生
也罷，擇日再來

（八卦：兌震。17.澤雷隨）屬火利夏 宜其南方

六十甲子籤

第二十籤【丁卯】

（●○○ ●●○）屬火利夏 宜其南方

台南市 護東宮
五府千歲

丁卯籤 屬火利在夏天宜其南方

孫悟空大難火災

前途功名未得意
只恐命內有交加
兩家必定防損失
勸君且退莫咨嗟

第二〇籤（●○○ ●●○）

◉解曰

買男兒	不可	求財	空未來
出外	不可	大命	凶
作事	不遠	失物	難尋
六甲	生男凶	功名	來年
歲君	狀可	婚姻	不合
官事	不可	求雨	不來就來回
年冬	平	來人	未日到
移居	不可		

籤詩現代版

21 丁巳籤

佛光

十方來，風聲雨聲念頌佛法
十方去，大悲大劫無我可渡
晴空常開以便草木沐浴煦光
殿堂迎貴人，摒退萬般是非

（八卦：兌乾。43.澤天夬）屬土利年　四方皆宜

六十甲子籤

第二一籤【丁巳】

（●○○ ○○○）屬土利年 四方皆宜

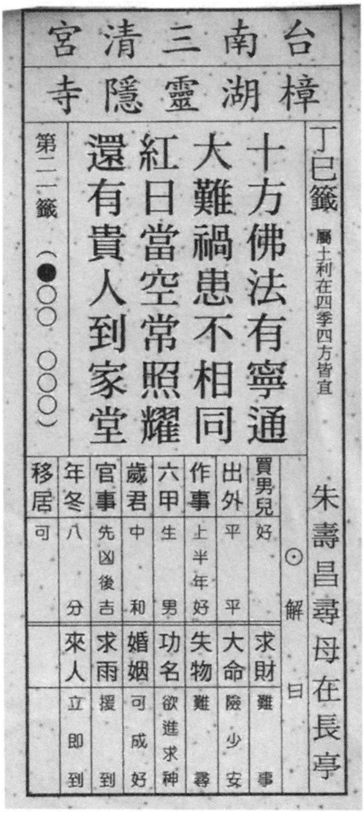

台南三清宮

樟湖靈隱寺

丁巳籤 屬土利在四季四方皆宜

十方佛法有寧通
大難禍患不相同
紅日當空常照耀
還有貴人到家堂

第二一籤（●○○ ○○○）

朱壽昌尋母在長亭

⊙解曰

買男兒	好	求財	難事
出外	平平	大命	險少安
作事	上半年好	失物	難尋
六甲	生男	功名	欲進求神
歲君	中和	婚姻	可成好
官事	先凶後吉	求雨	援到
年冬	八分	來人	立即到
移居	可		

籤詩現代版

22 丁未籤

晴光

姻緣如江河，終歸匯合齊流
等待風停雨歇霧散雲消後
喜鵲紛紛呼喚耀眼晴光
寒舍也能並蒂花開

（八卦：坤巽。46.地風升）屬水利冬 宜其北方

六十甲子籤

第二二籤【丁未】

（●●●○○●）屬水利冬　宜其北方

台南三清宮

樟湖靈隱寺

丁未籤　屬水利在冬天宜其北方

太公家業八十成
月出光輝四海明
命內自然逢大吉
茅屋中間百事亨

第二二籤　（●●●○○●）

文王爲姜太公拖車

⊙解曰

買男兒	平平	求財	無多得利
出外	平平	大命	安
作事	難成	失物	援尋
六甲	生男	功名	援達
歲君	順利	婚姻	和合
官事	和合好	求雨	上下弦
年冬	早平允好	來人	月尾到
移居	得利尾吉		

籤詩現代版

23 丁酉籤

水茫茫

扁舟一葉，漂泊蒼茫大湖
左無槳，右無篙，碧水藍天
雲端傳來訊息：鯤鯓可為伴
湖濱何處躲藏芳蹤？

（八卦：巽艮。53.風山漸）屬火利夏 宜其南方

六十甲子籤

第二三籤【丁酉】

（○○● ○●●）屬火利夏 宜其南方

台南三清宮

樟湖靈隱寺

丁酉籤 屬火利在夏天宜其南方

欲去長江水闊茫
前途未遂運未通
如今絲綸常在手
只恐魚水不相逢

第二三籤（○○● ○●●）

周王姐可遇陳春生

⊙解曰

買男兒	不可	求財	無多得利
出外	平平	大命	平安
作事	末日抽好	失物	援尋
六甲	生男	功名	援達
歲君	得利順	婚姻	和偕
官事	尾勝吉	求雨	上下強
年冬	早平晚到	來人	末日到
移居	得利		

籤詩現代版

24 丁亥籤

青雲

陰霾心情與浮雲終會消退
陽光探頭，晴空一推就是萬里
孟冬時分，冷風掃去所有煩憂
明亮山水在遠方微微發笑

（八卦：坤坎。7.地水師）屬土利年 四方皆宜

六十甲子籤

第二四籤【丁亥】

(●●● ●○●)屬土利年 四方皆宜

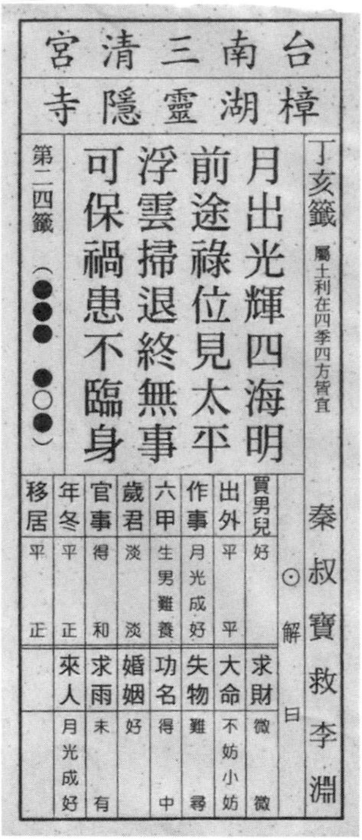

台南三清宮

樟湖靈隱寺

丁亥籤 屬土利在四季四方皆宜

月出光輝四海明
前途祿位見太平
浮雲掃退終無事
可保禍患不臨身

第二四籤(●●● ●○●)

秦叔寶救李淵

⊙解曰

買男兒	好	求財	微 微
出外	平 平	大命	不妨小妨
作事	月光成好	失物	難 尋
六甲	生男難養	功名	得 中
歲君	淡 淡	婚姻	好
官事	得 和	求雨	未 有
年冬	平 正	來人	月光成好
移居	平 正		

籤詩現代版

25 戊子籤 烏雲

26 戊寅籤 須折

27 戊辰籤 無所求

28 戊午籤 難料

29 戊申籤 逢春

30 戊戌籤 明哲

籤詩現代版

25 戊子籤

烏雲

蒼穹不滿晴日嬌貴，臉沉下來
黑暗隨著雲雨沉下來佔據山巒
只留一路供神祇遠遊，去去去
陽光學會謙虛，烏雲自會回家

（八卦：兌艮。31.澤山咸）屬火利夏 宜其南方

六十甲子籤

第二五籤【戊子】

（●○○ ○●●）屬火利夏 宜其南方

台南三清宮

樟湖靈隱寺

戊子籤 屬火利在夏天宜其南方

總是前途莫心勞
求神問聖枉是多
但看雞求日過後
不須作福事如何

第二五籤（●○○ ○○●）

鳳嬌 觀音庵問 籤中奸臣計

⊙解曰

買男兒	不吉	求財	利夏天有
出外	不可	大命	秋過不妨
作事	戊日抽好	失物	難尋
六甲	生女	功名	難就
歲君	中和	婚姻	兩相求成
官事	宜和	求雨	甲子乙丑日不久
年冬	平正	來人	戊日到
移居	不好		

籤詩現代版

26 戊寅籤

須折

櫻花綻開喜訊，桃李不讓
春天，喚醒百花梳洗換裝
美麗也有保鮮期，宅急便
逾期不候，芳香千里傳揚

（八卦：坎坎。29.坎為水）屬土利年　四方皆宜

六十甲子籤

第二六籤【戊寅】

（●○●●○●）屬土利年　四方皆宜

台南三清宮

樟湖靈隱寺

戊寅籤　屬土利在四季宜其四方

選出牡丹第一枝
勸君折取莫遲疑
世間若問相知處
萬事逢春正及時

第二六籤（●○●●○●）

范丹洗浴遇賢妻

⊙解曰

買男兒	平　平	求財	有
出外	平　平	大命	名醫治之
作事	春成好	失物	尋有
六甲	生男貴氣　不女然	功名	朱衣點頭
歲君	春貴秋冬	婚姻	好
官事	必和	求雨	必到
年冬	好收	來人	月尾到
移居	吉		

無所求

雲散雲聚都隨風
雨時水哭，陰晴相互變臉
雨止水笑，冷暖交替情感
清心直向松柏走去，自然自在

（八卦：乾兌。10.天澤履）屬木利春 宜其東方

六十甲子籤

第二七籤【戊辰】

（○○○●○○）屬木利春 宜其東方

台南三清宮

樟湖靈隱寺

戊辰籤 利在春天宜其東方

君爾寬心且自由
門庭清吉家無憂
財寶自然終吉利
凡事無傷不用求

第二七籤（○○○●○○）

胡完救文氏母女

⊙解曰

買男兒	不吉		求財	淡淡
出外	不可		大命	凶多吉少
作事	難成		失物	自回
六甲	生男可養 生女不然		功名	援到
歲君	未安		婚姻	中和可成
官事	平和		求雨	尚未有
年冬	平平		來人	難在
移居	方便			

難料

光環喜歡照亮得意的成就
上台叱吒江山，下台掌聲送來
角色如走馬燈，幽暗不曾藏匿
台下，璞玉總是安於寂寞

（八卦：震艮。62.雷山小過）屬火利夏 宜其南方

六十甲子籤

第二八籤【戊午】

（●●○ ○●●）屬火利夏 宜其南方

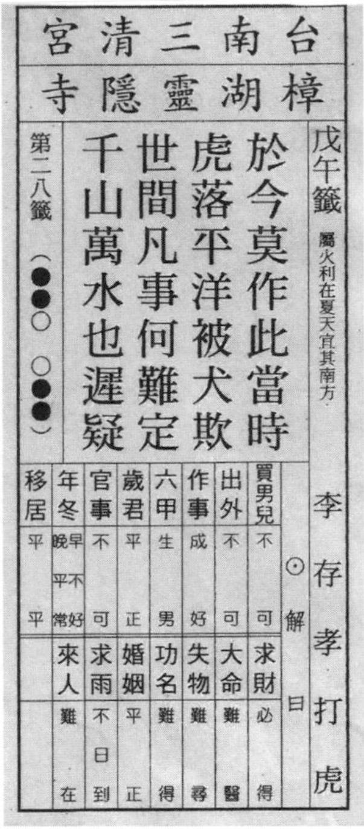

台南三清宮

樟湖靈隱寺

戊午籤 屬火利在夏天宜其南方

於今莫作此當時
虎落平洋被犬欺
世間凡事何難定
千山萬水也遲疑

第二八籤 （●●○ ○●●）

李存孝打虎

⊙解曰

買男兒	出外	作事	六甲	歲君	官事	年冬	移居
不可	不可	成好	生男	平正	不可	早不好 晚平常	平平
求財	大命	失物	功名	婚姻	求雨	來人	
必得	難醫	難尋	難得	平正	不日到	難在	

籤詩現代版

29 戊申籤

逢春

春陽已完全擊潰嚴寒
滿園枯葉也隨和風起舞翩翩
綠芽從粗糙枝幹探頭而出
一抹鮮嫩，寫意自在

（八卦：震離。55.雷火豐）屬土利年　四方皆宜

六十甲子籤

第二九籤【戊申】

（●●○○●○）屬土利年 四方皆宜

台南三清宮

樟湖靈隱寺

戊申籤 屬土利在四季四方皆宜

枯木可惜逢春時
如今且在暗中藏
寬心且守風霜退
還君依舊作乾坤

第二九籤（●●○ ○●○）

古城會關公斬蔡陽

⊙解曰

買男兒	不吉	求財	微利
出外	不可	大命	允安
作事	末日抽好	失物	擺尋
六甲	生女	功名	不就
歲君	平正	婚姻	不吉
官事	被之明利	求雨	久不至即久
年冬	平正	來人	末日到
移居	未日		

明哲

一路走來無風無雨，是福
是禍，積雨雲已在呼喚土石流
換部車、換條路、換個心境
轉個彎，又是風光明媚

（八卦：坤離。36.地火明夷）屬木利春 宜其東方

六十甲子籤

第三十籤【戊戌】

（●●● ○●○）屬木利春 宜其東方

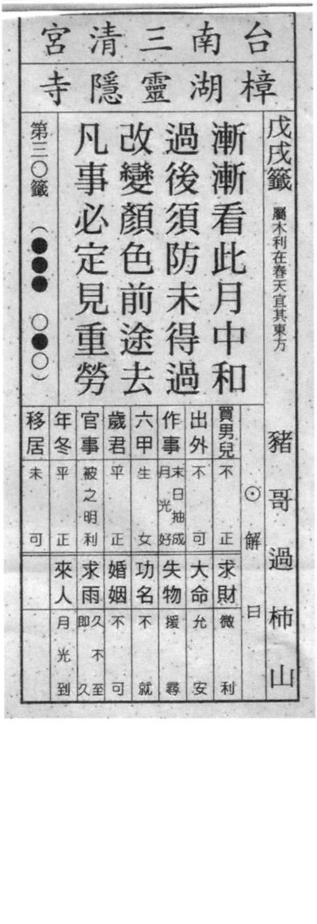

台南三清宮

樟湖靈隱寺

戊戌籤 屬木利在春天宜其東方

漸漸看此月中和
過後須防未得過
改變顏色前途去
凡事必定見重勞

第三〇籤（●●● ○●○）

豬哥過柿山

⊙解 曰

買男兒	不正
出外	不可
作事	未日抽成 月光好
六甲	生女
歲君	平正
官事	被之明利
年冬	平正
移居	未可
求財	微利
大命	允安
失物	援尋
功名	不就
婚姻	不可
求雨	久不至 即久
來人	月光到

籤詩現代版

31 己丑籤 收成

32 己卯籤 相爭

33 己巳籤 魚水逢

34 己未籤 行路

35 己酉籤 隨風

36 己亥籤 晴空

31 己丑籤

收成

年初栽下金桔，播了辣椒
心情在風裡來水裡去
胡麻愉悅的列隊等待
收割燦爛陽光，麻辣冬至

（八卦：離坎。64.火水未濟）屬火利夏 宜其南方

六十甲子籤

第三一籤【己丑】

（○●○ ●○●）屬火利夏 宜其南方

無極

石磯玄化宮

己丑籤 屬火利在夏天宜其南方

孟姜女招親

綠柳蒼蒼正當時
任君此去作乾坤
花果結寔無殘謝
福祿自有慶家門

第三一籤（○●○ ●○●）

◉解曰

買男兒 好
出外 大吉好
作事 成好
六甲 生男
歲君 大吉
官事 勝
年冬 好
移居 得安

求財 用心正有
大命 有安
失物 免尋無
功名 高中
婚姻 好
求雨 及時
來人 立即到

32 己卯籤

相爭

朝野忘記簽下惡鬥時間表
市場裏到處論斤販賣治國理念
經濟崩盤猶如繁華謝落的花泥
難難難，神仙敲不響和平鐘

（八卦：艮震。27.山雷頤）屬土利年 四方皆宜

六十甲子籤

第三二籤【己卯】

（○●● ●●○）屬土利年 四方皆宜

無極

石磯玄化宮

己卯籤 屬土利在四季宜其四方

龍虎相交在門前
此事必定兩相連
黃金忽然變成鐵
何用作福問神仙

第三二籤 （○●● ●●○）

龍虎交會

◉解曰

買男兒	不吉	求財	在店有出外集
出外	不可	大命	老險少安
作事	寅辰日通好	失物	空
六甲	生男	功名	不就
歲君	中和	婚姻	口舌多成者中中
官事	不可	求雨	不日到
年冬	未定	來人	寅辰日卯到
移居	未可		

籤詩現代版

33 己巳籤

魚水逢

晴空讓雲淡了，葦草也停擺
前路都向煙波飄渺走去
潛龍總是靜觀，等東風醒來
我就是揚帆遠行的魚

（八卦：艮巽。18.山風蠱）屬木利春 宜其東方

六十甲子籤

第三三籤【己巳】

（○●●○○●）屬木利春 宜其東方

無極

石磯玄化宮

己巳籤 屬木利在春天宜其東方

欲去長江水濶茫
行船把定未遭風
戶內用心再作福
看看魚水得相逢

第三三籤（○●●○○●）

銅銀買紙靴

◉解曰

實男兒	不吉	求財	緊慢有
出外	不可	大命	必好
作事	靜成	失物	後尋
六甲	生男	功名	後科
歲君	平和	婚姻	不可
官事	先凶後吉	求雨	後有
年冬	早不好 晚好	來人	未日到
移居	未可		

籤詩現代版

34 己未籤

行路

高崖層疊，深澗也巍巍顫慄
蜿蜒路途環山而去，滑落
崩石碎岩，憂心隨行黝暗隧道
引出一扇光，開闊山河景色

（八卦：離坎。64.火水未濟）屬火利夏 宜其南方

六十甲子籤

第三四籤【己未】

(○●○ ●○●)屬火利夏 宜其南方

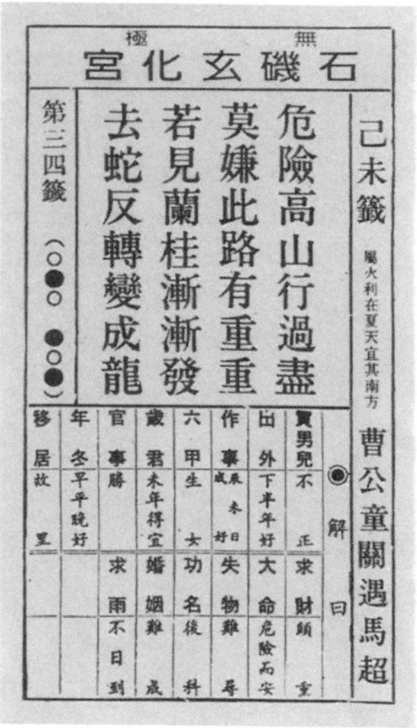

無極

石磯玄化宮

己未籤

屬火利在夏天宜其南方

曹公童關遇馬超

危險高山行過盡
莫嫌此路有重重
若見蘭桂漸漸發
去蛇反轉變成龍

第三四籤 (○●○ ●○●)

◉解曰

賣男兒 不正	求財 頗重
出外 下半年好	大命 危險而安
作事 辰戌未日好	失物 難尋
六甲 生女	功名 後科
歲君 未年得宜	婚姻 難成
官事 勝	求雨 不日到
年冬 早平晚好	
移居 故里	

籤詩現代版

35 己酉籤

隨風

詭譎天候幾番變臉，無礙
人生際遇隨風，陰霾遠颺
飄落所在，適合安居種籽
晴空轉頭笑看雲雨太多情

（八卦：震坤。16.雷地豫）屬土利年　四方皆

六十甲子籤

第三五籤【己酉】

（●●○ ●●●）屬土利年 四方皆宜

無極

石磯玄化宮

己酉籤

屬土利在四季四方皆宜

吳漢殺妻

第三五籤

（●●○ ●●●）

此事何須用心機
前途變怪自然知
看看此去得和合
漸漸脱出見太平

◉解曰

買男兒	不可	求財	六七分
出外	不好	大命	少不長 老險
作事	難成	失物	尋久即有
六甲	生男	功名	高中
歲君	輕吉	婚姻	好
官事	勝	求雨	不日到
年冬	中和	來人	展來日到
移居	故里		

晴空

籤詩現代版

36 己亥籤

吉日高懸湛藍天空
雲彩忙著漂白，急於避讓
白鶴，翱翔幸福蒼穹
青山笑開碧海

（八卦：離離。30.離為火）屬木利春 宜其東方

六十甲子籤

第三六籤【己亥】

（○●○ ○●○）屬木利春 宜其東方

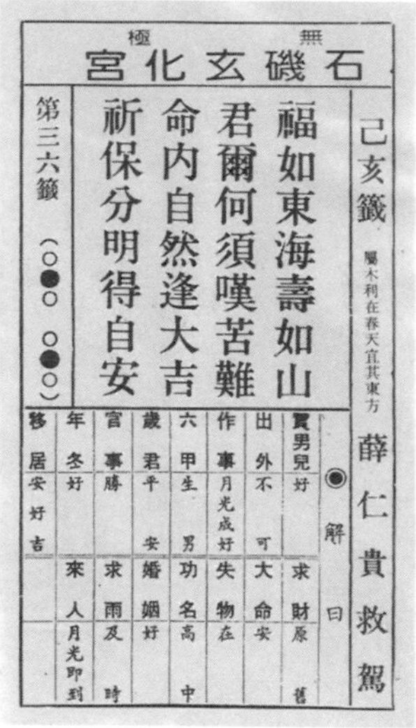

無極石磯玄化宮

己亥籤 屬木利在春天宜其東方

薛仁貴救駕

福如東海壽如山
君爾何須嘆苦難
命內自然逢大吉
祈保分明得自安

第三六籤 （○●○ ○●○）

◉解曰

貴男兒	出外	作事	六甲	歲君	宮事	年冬	移居
好	不可	月光成好	生男	平安	勝	好	安好吉
求財	大命	失物	功名	婚姻	求雨	來人	
原舊	安	在	高中	好	及時	月光即到	

籤詩現代版

37 庚子籤 順風

38 庚寅籤 守份

39 庚辰籤 靜觀

40 庚午籤 牽手

41 庚申籤 因緣

42 庚戌籤 重山

順風

籤詩現代版

37 庚子籤

疾風當步，輕車如電如掣
英氣遠行萬里，颯爽
得意處，連山都迴避讓路
凡事自在如行雲流水

（八卦：艮艮。52.艮為山）屬土利年 四方皆宜

六十甲子籤

第三七籤【庚子】

（○●●○●●）屬土利年　四方皆宜

無極

石磯玄化宮

庚子籤　屬土利在四季三六九十二月

運逢得意身顯變
君爾身中皆有益
一向前途無難事
決意之中保清吉

第三七籤（○●●　○●●）

正德君　看呼　綠牡丹開

◉解曰

買男兒	好
出外	平正
作事	難成
六甲	生男
歲君	平和
官事	無敗
年冬	平正
移居	得宜
求財	六七分
大命	必好
失物	急尋有
功名	后科
婚姻	宜得
求雨	不日到
來人	即到

守份

方寸之間留有一把尺
進退寬闊天地，周旋無憂
日昇月落在行程表上寫著：
水到，渠成

（八卦：坎坤。8.水地比）屬木利春　宜其東方

六十甲子籤

第三八籤【庚寅】

（●○● ●●●）屬木利春 宜其東方三、六、九、十二月

無極

石磯玄化宮

庚寅籤 屬木利在春天三六九十二月

劉備請三孔明茅廬三分

名顯有意在中間
不須祈禱心自安
看看早晚日過後
即時得意在中間

第三八籤（●○● ●●●）

◉解曰

買男兒 好
出外 平正
作事 緊處好
六甲 生男
歲君 如意
官事 寬和
年冬 中正
移居 安
求財 原舊
大命 小好老險
失物 可辱
功名 虛桐
婚姻 平正
求雨 尚未
來人 三日復到

籤詩現代版

39 庚辰籤

靜觀

山嵐淞霧向深林奔飛而去
夢已築巢，心也跟著飄渺
踏跡松林幽徑，忘了雲起
來時路，採藥人怡然而笑

（八卦：巽坤。20.風地觀）屬金利秋 宜其西方

六十甲子籤

第三九籤【庚辰】

（○○●●●●）屬金利秋　宜其西方

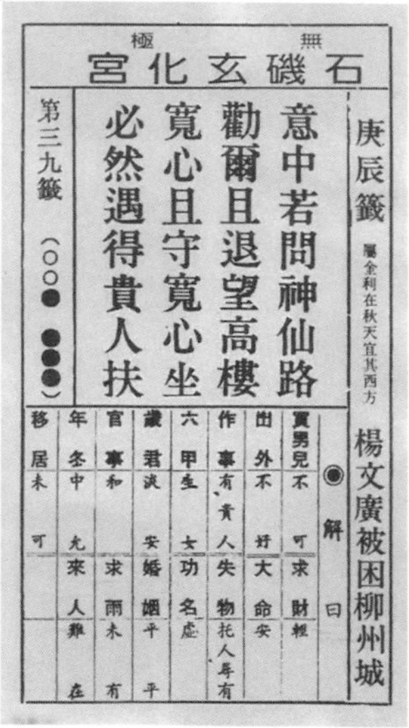

無極
石磯玄化宮

庚辰籤　屬金利在秋天宜其西方

楊文廣被困柳州城

意中若問神仙路
勸爾且退望高樓
寬心且守寬心坐
必然遇得貴人扶

第三九籤（○○●●●●）

◉解曰

買男兒	不可	求財	賴
出外	不好	大命	安
作事	有貴人	失物	托人尋有
六甲	生女	功名	虛
歲君	淡安	婚姻	平平
官事	和	求雨	未有
年冬	中丸	來人	難在
移居	未可		

籤詩現代版

40 庚午籤

牽手

守得青山，雲霓不約而來
熙光邀請百花共舞春天
仰望浩瀚碧空，行雲共徘徊
旅途不寂寞，對影一路寒喧

（八卦：坎乾。5.水天需）屬土利年 四方皆宜

六十甲子籤

第四十籤【庚午】

(●○● ○○○) 屬土利年 四方皆宜

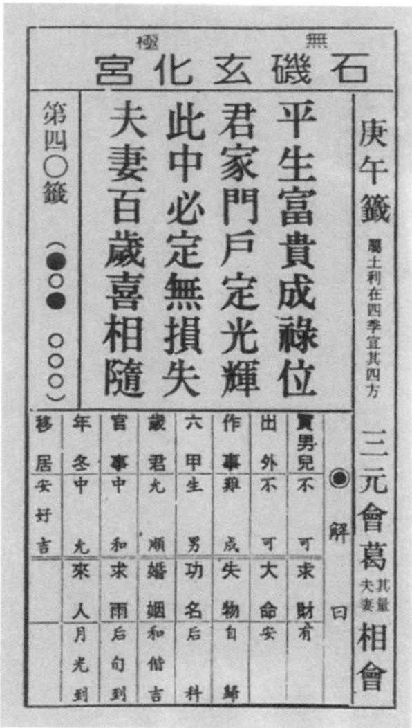

無極
石磯玄化宮

庚午籤
屬土利在四季宜其四方
三元會葛 其量夫妻 相會

平生富貴成祿位
君家門戶定光輝
此中必定無損失
夫妻百歲喜相隨

第四〇籤 (●○● ○○○)

◉解曰

買男兒 不可 求財有
出外 不可 大命安
作事 雖成 失物自歸
六甲生男 功名后科
歲君允順 婚姻和偕吉
官事中和 求雨后旬到
年冬中允 來人月光到
移居安好吉

因緣

籤詩現代版

41 庚申籤

喜鵲學起畫眉，催促信鴿
捎來歡唱，煩惱自去窗前徘徊
月亮飲酒後不曾凌亂，長影
在天光起時依然不離

（八卦：巽乾。9.風天小畜）屬木利春 宜其東方

六十甲子籤

第四一籤【庚申】

（○○●○○○）屬木利春 宜其東方

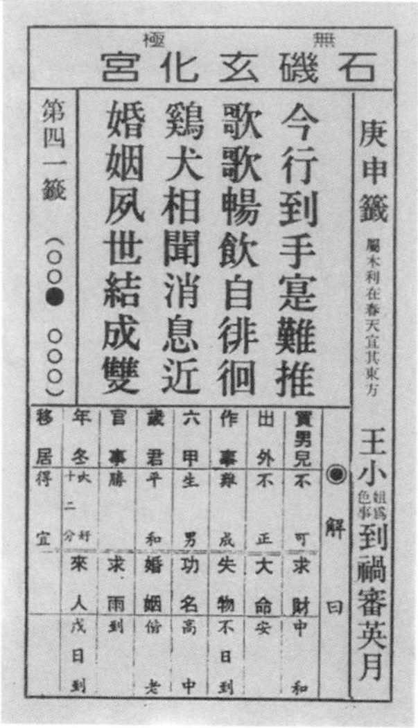

無極

石磯玄化宮

庚申籤

屬木利在春天宜其東方

今行到手寔難推

歌歌暢飲自徘徊

鷄犬相聞消息近

婚姻夙世結成雙

第四一籤（○○● ○○○）

王小姐爲色事到禍審英月

解曰

買男兒	不可	求財	中和
出外	不正	大命	安
作事	難成	失物	不日到
六甲	生男	功名	高中
歲君	平和	婚姻	偕老
官事	勝	求雨	到
年冬	大好十二分	來人	戊日到
移居	得宜		

籤詩現代版

42 庚戌籤

重山

一重山二重山重重相疊
左移右挪前行路，交通管制
千重水萬重水煙雨飄渺
此去風光雖明媚，車行困頓

（八卦：離巽。50.火風鼎）屬金利秋 宜其西方

六十甲子籤

第四二籤【庚戌】

(○●○ ○○●) 屬金利秋 宜其西方

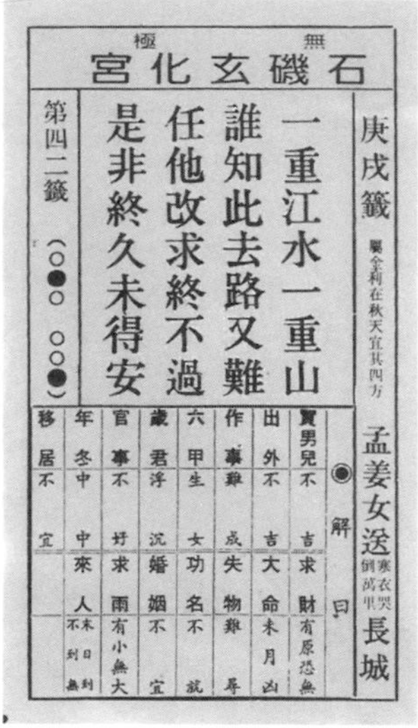
無極

石磯玄化宮

庚戌籤 屬金利在秋天宜其四方

孟姜女送寒衣哭倒萬里長城

一重江水一重山
誰知此去路又難
任他改求終不過
是非終久未得安

第四二籤 (○●○ ○○●)

◉解曰

賀男兒	不吉	求財	有原恐無
出外	不吉	大命	未月凶
作事	難成	失物	難尋
六甲	生女	功名	不就
歲君	浮沉	婚姻	不宜
官事	不好	求雨	有小無大
年冬	中中	來人	未日到不到無
移居	不宜		

籤詩現代版

43 辛丑籤 清風

44 辛卯籤 平野闊

45 辛巳籤 無憂

46 辛未籤 明月

47 辛酉籤 化吉

48 辛亥籤 蔽月

籛詩現代版

43 辛丑籛

清風

溪水行過千山，湍急而來
幾個迂迴，河灣寬闊天地
輕舟緩行淺灘，仙人吟詠
碧空，笑看清風徐徐吹來

（八卦：坎巽。48.水風井）屬土利年 四方皆宜

六十甲子籤

第四三籤【辛丑】

（●○● ○○●）屬土利年 四方皆宜

無極

石磯玄化宮

辛丑籤 屬土利在四季四方皆宜

一年作事急如飛
君爾寬心莫遲疑
貴人選在千里外
音信月中漸漸知

第四三籤（●○● ○○●）

偶才母子井邊相會

◉解曰

買男兒	不正	求財	近輕遠重
出外	不利	大命	安
作事	月半紬好	失物	難尋
六甲	生女好 男難養	功名	難就
歲君	起倒	婚姻	平平
官事	先易後難	求雨	小許
年冬	中中	來人	月光到
移居	未可		

籤詩現代版

44 辛卯籤

平野闊

萬巒不擋溪河奔流
左是青山，右是綠水
滑落懸崖激起飛瀑
一個轉折，竟是月擁春江入平野

（八卦：艮坤。23.山地剝）屬木利春 宜其東方

六十甲子籤

第四四籤【辛卯】

(○●● ●●●)屬木利春 宜其東方

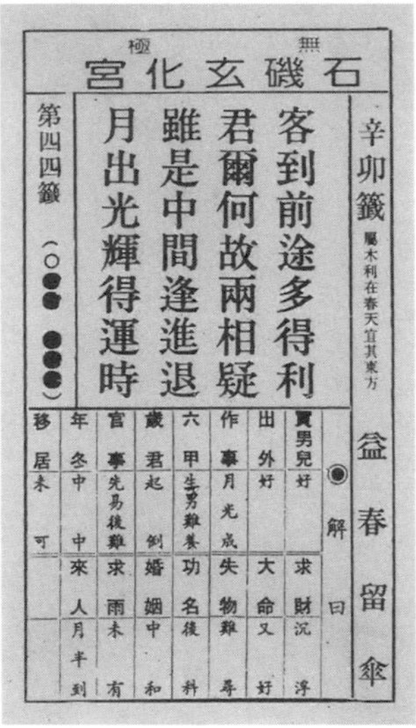
無極

石磯玄化宮

辛卯籤 屬木利在春天宜其東方

客到前途多得利
君爾何故兩相疑
雖是中間逢進退
月出光輝得運時

第四四籤 (○●● ●●●)

益春留傘

◉解曰

買男兒	好	求財	沉浮
出外	好	大命	又好
作事	月光成	失物	難尋
六甲	生男難養	功名	後科
歲君	起倒	婚姻	中和
官事	先易後難	求雨	未有
年冬	中中	來人	月半到
移居	未可		

籛詩現代版

45辛巳籛

無憂

汗水與台階等比例，逐級
攀爬，群峰展開浮雲回報
山谷，喜樂忍不住響起果裂聲
吹拂清風，春夢不擾人

（八卦：離坤。35.火地晉）屬金利秋　宜其西方

六十甲子籤

第四五籤【辛巳】

(○●○ ●●●)屬金利秋 宜其西方

無極
石磯玄化宮

辛巳籤
屬金利在秋天宜其四方

花開今已結成菓
富貴榮華終到老
君子小人相會合
萬事清吉莫煩惱

第四五籤
(○●○ ●●●)

孔夫子過番逢小兒

◉解曰

買男兒好	出外平正	作事難成	六甲生男	歲君平和	官事歸局	年冬允順	移居得宜
求財中和	大命安	失物歸	功名不就	婚姻和合	求雨四五日到	來人未日到	

籛詩現代版

46 辛未籛

明月

困頓失志都霧散雨停
清風拂過山崗，送走烏雲
曉月為我點亮希望
明月為我光耀夜空

（八卦：艮離。22.山火賁）屬土利年　四方皆宜

六十甲子籤

第四六籤【辛未】

（○●●○●○）屬土利年 四方皆宜

無極

石磯玄化宮

辛未籤 屬土利在四季宜其四方

江中立欽賜狀元

功名得位與君顯
前途富貴喜安然
若遇一輪明月照
十五團圓照滿天

第四六籤（○●● ○●○）

◉解曰

買男兒好 求財中中
出外有貴人 大命安
作事成好 失物尋在
六甲生男 功名小遲
歲君吉 婚姻偕老
官事勝 求雨月半有
年冬早冬好 來人月光到
移居可也

籤詩現代版

47 辛酉籤

化吉

災難總愛緊咬困厄
尾隨淒風苦雨，飄搖心志
黑夜裡，希望能點燃一盞燈
化去危機，迎來朗朗晴空

（八卦：巽離。37.風火家人）屬木利春 宜其東方

第四七籤【辛酉】

（○○● ○●○）屬木利春 宜其東方

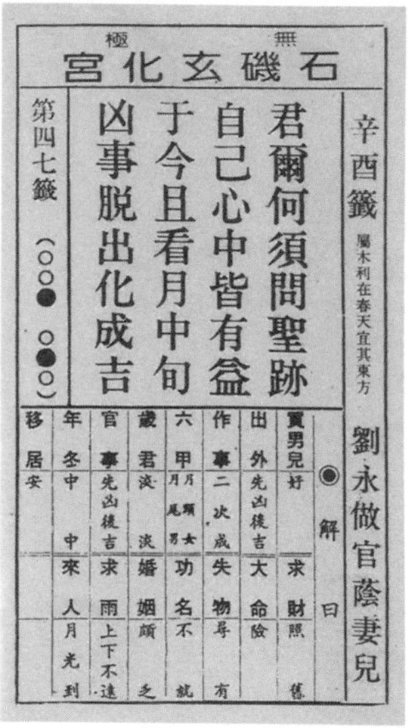

無極
石磯玄化宮

辛酉籤 屬木利在春天宜其東方

劉永做官蔭妻兒

君爾何須問聖跡
自己心中皆有益
于今且看月中旬
凶事脱出化成吉

第四七籤（○○● ○●○）

◉解曰

買男兒 好
求財 照舊
出外 先凶後吉
大命 險
作事 二次成
失物 尋有
六甲 月頭女 月尾男
功名 不就
歲君 淡淡
婚姻 頗乏
官事 先凶後吉
求雨 上下不違
年冬 中中
來人 月光到
移居 安

籤詩現代版

48 辛亥籤

蔽月

星輝與月華躲藏烏雲
黯淡山色無礙溪河湍急出走
蜿蜒路途依然急於奔放
只見驛站燈火在風裡蹣跚

（八卦：乾坤。12.天地否）屬金利秋 宜其西方

六十甲子籤

第四八籤【辛亥】

（○○○●●●）屬金利秋　宜其西方

無極

石磯玄化宮

辛亥籤　屬金利在秋天宜其四方

陰世作事未和同
雲遮月色正朦朧
心中意欲前途去
只恐命內運未通

第四八籤（○○○●●●）

蜻蜓飛入蜘蛛網

◉解曰

買男兒	不可	求財	思而得
出外	不可	大命	險而安
作事	難成 不日抽成	失物	難尋
六甲	生男	功名	免思
歲君	浮沉	婚姻	未可
官事	未可	求雨	暴到
年冬	不吉	來人	未日到
移居	未可		

籤詩現代版

49 壬子籤 憂慮

50 壬寅籤 點化

51 壬辰籤 行路難

52 壬午籤 功名

53 壬申籤 紫氣

54 壬戌籤 寂靜

49 壬子籤

憂慮

擇日師講西，廟公說東
敢問神佛今日該當如何
乩童忙著翻轉，人生的
路，從來不管日月陰晴

（八卦：乾艮。33.天山遯）屬木利春　宜其東方

六十甲子籤

第四九籤【壬子】

（○○○ ○●●）屬木利春 宜其東方

石磯玄化宮
無極
壬子籤
屬木利在春天宜其東方
佛印稍婆答歌詩
言語雖多不可從
風雲靜處未行龍
暗中發得明消息
君爾何須問重重
第四九籤
（○○○ ○●●）
◉解曰
買男兒 不常
求財 用心而得
出外 不可
大命 老嫩少安
作事 未來日成好
失物 東方尋有
六甲 生男在貴
功名 進步
歲君 不生好
婚姻 口舌多雖成
官事 口舌多雖和
求雨 尚未
年冬 平好
來人 未日到
移居 得宜

50 壬辰籤

點化

湖澤枯竭時誰來掘井
水滿了又放任溢流，總是
殷望金色光華，忘記等待
開啟，須要頑石點頭

（八卦：坎兌。60.水澤節）屬金利秋　宜其西方

六十甲子籤

第五十籤【壬寅】

（●○●●○○）屬金利秋 宜其西方

無極

石磯玄化宮

壬寅籤 屬金利在秋天宜其四方

小兒路遇惡鬼

佛前發誓無異心
且看前途得好音
此物原來本是鐵
也能變化得成金

第五〇籤 （●○● ●○○）

◉解曰

買男兒 好	求財 中中
出外 不可	大命 安
作事 難成	失物 急尋在
六甲 生男雖暴 生女好	功名 未成
歲君 吉	婚姻 宜成
官事 緊審自知	求雨 及時
年冬 早好晚平	來人 月光到
移居 可也	

籤詩現代版

51 壬辰籤

行路難

暴雨偕同泥流摧殘家園
這路那路不是路，孤立
困境，讓煩囂遠離清靜
水塘依舊守得一方陽光

（八卦：震震。51.震為雷）屬水利冬 宜其北方

六十甲子籤

第五一籤【壬辰】

（●●○ ●●○）屬水利冬 宜其北方

台南
開元
忠安宮
壬辰籤 屬水利在冬天宜其北方
趙玄郎 河東
大戰 龍虎 關
東西南北不堪行
前途此事正可當
勸君把定莫煩惱
家門自有保安康
第五一籤（●●○ ●●○）
解曰
買男兒 好
出外 不可
作事 難成
六甲 生男
歲君 吉顏好
官事 萬和
年冬 早平晚好
移居 可也
求財 冬天大吉
大命 不妨
失物 尋有
功名 科運未到
婚姻 可成
求雨 可也
來人 月光到

52 壬午籤

功名

血汗能否編纂成就，隨他
人生旅程如公車路線，下一站
秋天，稻穗澄黃後自會垂首
歡喜收割就是最美麗的風景

（八卦：兌坎。47.澤水困）屬木利春 宜其東方

六十甲子籤

第五二籤【壬午】

（●○○ ●○●）屬木利春 宜其東方

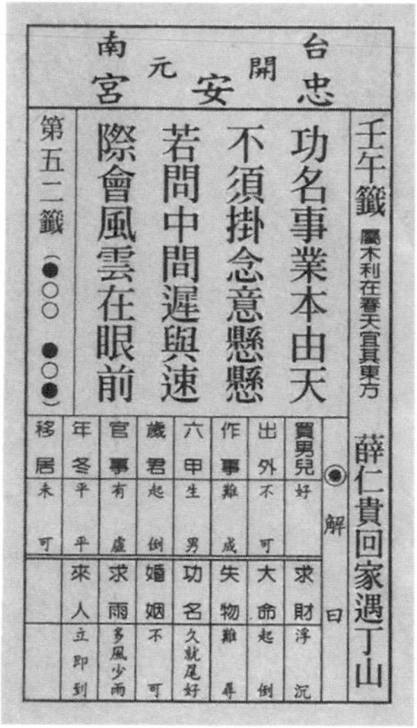

台開元南
忠安宮

壬午籤 屬木利在春天宜其東方

薛仁貴回家遇丁山

功名事業本由天
不須掛念意懸懸
若問中間遲與速
際會風雲在眼前

第五二籤（●○○ ●○●）

◉解曰

買男兒	好	求財	浮沉
出外	不可	大命	起倒
作事	難成	失物	難尋
六甲	生男	功名	久就尾好
歲君	起倒	婚姻	不可
官事	有虛	求雨	多風少雨
年冬	平平	來人	立即到
移居	未可		

籤詩現代版

53 壬申籤

紫氣

破曉時分，青空一掃昨夜陰霾
曦光，在晨霧層疊的村落微笑
彷彿有紫氣乘著青牛，自東方
緩緩而來

（八卦：乾離。13.天火同人）屬金利秋 宜其西方

六十甲子籤

第五三籤【壬申】

（○○○ ○●○）屬金利秋 宜其西方

台 開 元 南

忠 安 宮

壬申籤 屬金利在秋天宜其西方

蘇秦夫妻相會

看君來問心中事
積善之家慶有餘
運亨財子雙雙至
指日喜氣溢門閭

第五三籤（○○○ ○●○）

◉解曰

買男兒	好	求財	援得
出外	好	大命	急好 援不好
作事	成好	失物	援尋
六甲	生男	功名	後科
歲君	中平	婚姻	可好
官事	緊審和好	求雨	月尾到
年冬	中平	來人	月光到
移居	未可		

籤詩現代版

54 壬戌籤

寂靜

身影與燈影跌落長巷
微雲樂得隨意遊蕩
萬籟沉靜下來，分享
清幽，一夜好眠

（八卦：巽巽。57.巽為風）屬水利冬 宜其北方

六十甲子籤

第五四籤【壬戌】

（○○●○○●）屬水利冬 宜其北方

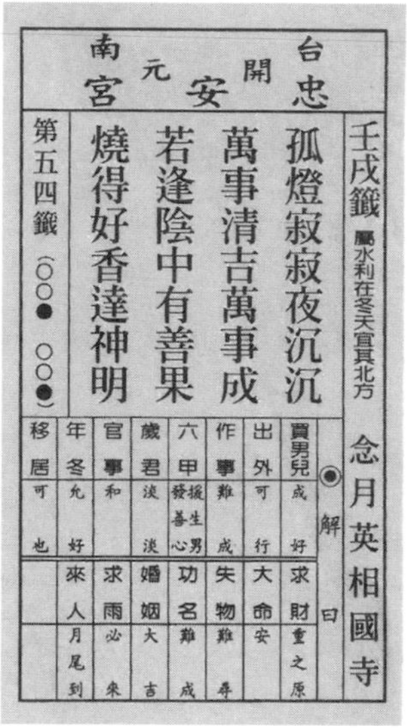

台南 開元 忠安宮
壬戌籤 屬水利在冬天宜其北方
念月英相國寺
孤燈寂寂夜沉沉
萬事清吉萬事成
若逢陰中有善果
燒得好香達神明
第五四籤（○○● ○○●）
解曰
買男兒 成好
出外 可行
作事 難成
六甲 援生男 發善心
歲君 淡淡
官事 和
年冬 允好
移居 可也
求財 重之原
大命 安
失物 難尋
功名 難成
婚姻 大吉
求雨 必來
來人 月尾到

籤詩現代版

55 癸丑籤 懷璧

56 癸卯籤 拖磨

57 癸巳籤 安慮

58 癸未籤 養病

59 癸酉籤 喜樂

60 癸亥籤 官說有理

籤詩現代版

55 癸丑籤

懷璧

春風帶來夏雨，秋霧釀製冬雪
懷中美玉琢磨再三，或圓或缺
時而像這日晴，忽又似那月陰
天地守恆，哪來遺憾

（八卦：震巽。32.雷風恆）屬木利春　宜其東方

六十甲子籤

第五五籤【癸丑】

（●●○ ○○●）屬木利春 宜其東方

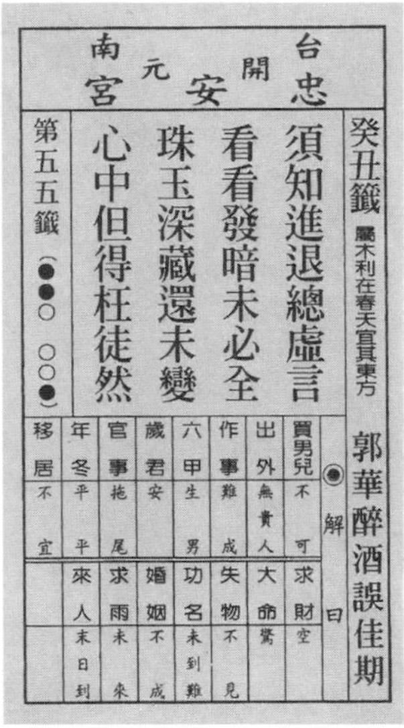

台 開 元 南
忠 安 宮

癸丑籤 屬木利在春天宜其東方

郭華醉酒誤佳期

須知進退總虛言
看看發暗未必全
珠玉深藏還未變
心中但得枉徒然

第五五籤（●●○ ○○●）

◉解曰

買男兒	不可	求財	空
出外	無貴人	大命	驚
作事	難成	失物	不見
六甲	生男	功名	未到難
歲君	安	婚姻	不成
官事	拖尾	求雨	未來
年冬	平平	來人	未日到
移居	不宜		

56 癸卯籤

拖磨

人生起伏如山陵，望那高
忘這低，時時與日子結仇
利祿奔波於路途，如牛犢
拖著石磨，來回還是原地

（八卦：兌坤。45.澤地萃）屬金利秋　宜其西方

六十甲子籤

第五六籤【癸卯】

（●○○●●●）屬金利秋　宜其西方

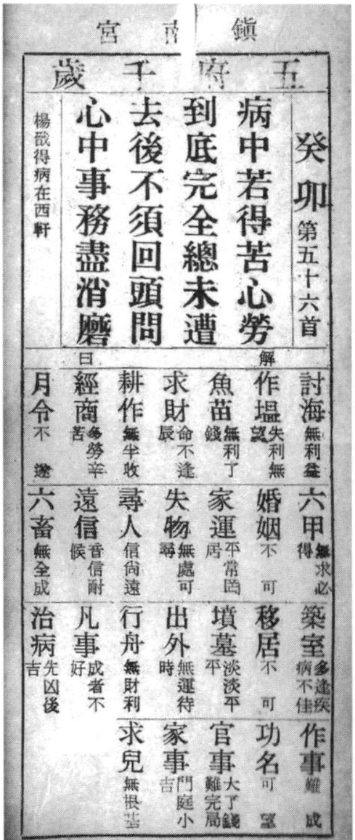

鎮南宮

五府千歲

癸卯　第五十六首

病中若得苦心勞
到底完全總未遭
去後不須回頭問
心中事務盡消磨

楊戩得病在西軒

解曰

討海 無利益	作塭 失利無望	魚苗 無利了錢	求財 命不逢辰	耕作 無半收	經商 多勞辛苦	月令 不逢
六甲 無求必得	婚姻 不可	家運 平常過居	失物 無處可尋	尋人 信尚遠	遠信 香信耐候	六畜 無全成
築室 多逢疾病不佳	移居 不可	墳墓 淡淡平平	出外 無運待時	行舟 無財利	凡事 成者不好	治病 先凶後吉
作事 難成	功名 可望	官事 大了錢難完局	家事 門庭小吉	求兒 無根苗		

籤詩現代版

57 癸巳籤

安慮

山色划過明媚，小河緩緩
流淌清風，揚起菩提心事
本來有其樹，何苦掃塵埃
佛陀不語，無慮安住四方

（八卦：艮乾。26.山天大畜）屬水利冬 宜其北方

六十甲子籤

第五七籤【癸巳】

(○●●○○○)屬水利冬 宜其北方

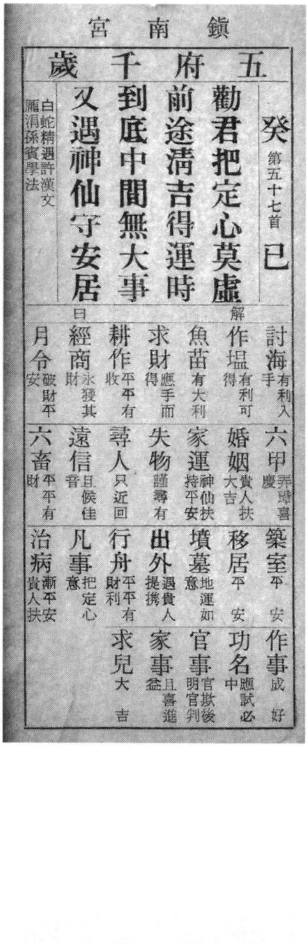

鎮南宮

五府千歲

癸 第五十七首 巳

勸君把定心莫慮
前途淸吉得運時
到底中間無大事
又遇神仙守安居

白蛇精遇許漢文
麗涓孫賓學法

解曰

討海 有利入手
作塭 有利可得
魚苗 有大利
求財 應手而得
耕作 平平有收
經商 永發其財
月令 破財平安
六甲 弄璋喜慶
婚姻 貴人扶大吉
家運 神仙扶持平安
失物 謹尋有
尋人 只近回
遠信 且候佳音
六畜 平平有財
築室 平安
移居 平安
墳墓 地運如意
出外 遇貴人提携
行舟 平平有財利
凡事 把定心意
治病 漸平安貴人扶
作事 成好
功名 應試必中
官事 官欺後明官判
家事 且喜進益
求兒 大吉

養病

籛詩現代版

58 癸未籛

體虛哪能龍行飛馳，不暢經脈，筋骨貼著脆弱標籤
郎中變臉藥帖頻換，不如醫囑：弗弗清風養在心湖

（八卦：巽艮。53.風山漸）屬木利春 宜其東方

六十甲子籤

第五八籤【癸未】

（〇〇●〇●●）屬木利春 宜其東方

鎮南宮

五府千歲

癸 第五十八首 未

蛇身意欲變成龍
只恐命內運未通
久病且作寬心坐
言語雖多不可從

白蛇精詐言往南海遇漢文
袁達入昭國關

解曰

討海 可得小利	作塭 無財利	魚苗 不可採買	求財 未入手不可求	耕作 不可	經商 無利可求	月令 破財多逢口舌
六甲 新婚作福可得	婚姻 可作大吉	家運 不能順序	失物 慢慢追尋	尋人 辰日在	遠信 音信且待	六畜 無財利
築室 且待移日	移居 不可	墳墓 穴地平安	出外 不可無時機	行舟 無利益	凡事 不好難成	治病 不痊癒拖尾
作事 未日抽成好	功名 未該得不能進	官事 恐生禍端	家事 漸待莫得	求兒 不可		

籤詩現代版

59 癸酉籤

喜樂

冰雪覆蓋不了小草探頭，尋找
春天，葉子飄落時就已宣告
花訊將如約而來，種籽一落地
喜樂滋生，希望也在不停招手

（八卦：坤震。24.地雷復）屬金利秋　宜其西方

六十甲子籤

第五九籤【癸酉】

（●●●●●○）屬金利秋　宜其西方

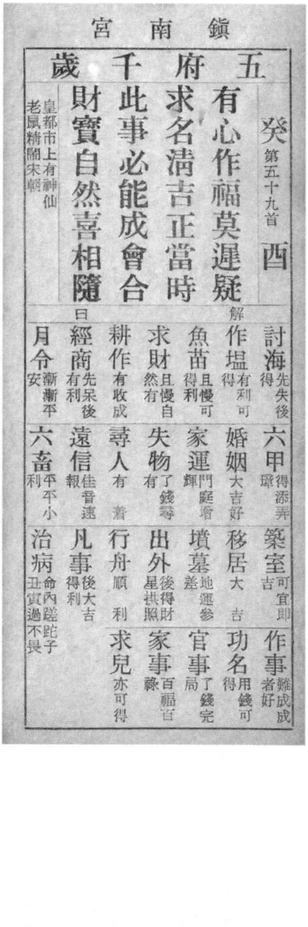
鎮南宮

五府千歲

癸　第五十九首　酉

有心作福莫遲疑
求名清吉正當時
此事必能成會合
財寶自然喜相隨

皇都市上有神仙
老鼠精鬧宋朝

解曰

討海　先失後得
作塭　有利可得
魚苗　且慢可得利
求財　且慢自然有
耕作　有收成
經商　先呆後有利
月令　漸漸平安
六甲　得添弄璋
婚姻　大吉好
家運　門庭增輝
失物　了錢尋有
尋人　有着
遠信　佳音速報
六畜　平平小利
築室　可宜即吉
移居　大吉
墳墓　地運參差
出外　後得財星拱照
行舟　順利
凡事　後大吉得利
治病　命內蹉跎子丑寅過不畏
作事　難成成者好
功名　用錢可得
官事　了錢完局
家事　百福百祿
求兒　亦可得

籤詩現代版

60 癸亥籤

官說有理

豢養官威豈止成就一方英名
清輝也須聽命，敬請查照
浮雲遮月，光華如何無須爭辯
為有室內燈得能任意明亮

（八卦：坤艮。15.地山謙）屬水利冬 宜其北方

六十甲子籤

第六十籤【癸亥】

（●●●○●●）屬水利冬 宜其北方

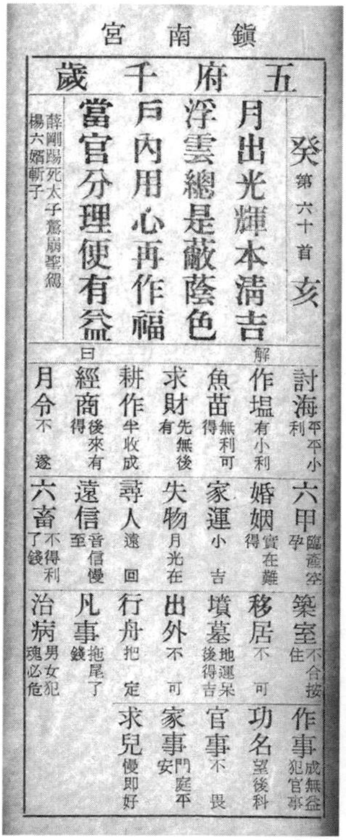

鎮南宮

五府千歲

癸 第六十首 亥

月出光輝本清吉
浮雲總是蔽蔭色
戶內用心再作福
當官分理便有益

薛剛踢死太子驚崩聖駕
楊六嫡斬子

解曰

討海 平平小利
作塭 有小利
魚苗 無利可得
求財 先無後有
耕作 半收成
經商 後來有得
月令 不遂

六甲 臨產卒孕
婚姻 實在難得
家運 小吉
失物 月光在
尋人 遠回
遠信 音信慢至
六畜 不得利了錢

築室 不合按住
移居 不可
墳墓 地運呆後得吉
出外 不可
行舟 把定
凡事 拖尾了錢
治病 男女犯魂必危

作事 成無益犯官事
功名 望後科
官事 不畏
家事 門庭平安
求兒 慢即好

「臺南作家作品集」第八輯07
天光雲影【籤詩現代版】

作　　者／林柏維
總　　監／葉澤山
編輯委員／李若鶯、陳昌明、陳萬益、張良澤、廖振富
行政編輯／何宜芳、申國艷
社　　長／林宜澐
總 編 輯／廖志墭
編輯協力／林韋聿、謝佩璇
企　　劃／彭雅倫
封面設計／黃子欽
內文排版／藍天圖物宣字社

出　　版／蔚藍文化出版股份有限公司
地址：10667 臺北市大安區復興南路二段 237 號 13 樓
電話：02-22431897
臉書：https://www.facebook.com/AZUREPUBLISH/
讀者服務信箱：azurebks@gmail.com

臺南市政府文化局
地址：
永華市政中心：70801 臺南市安平區永華路 2 段 6 號 13 樓
民治市政中心：73049 臺南市新營區中正路 23 號
電話：06-6324453
網址：http：// culture.tainan.gov.tw

總 經 銷／大和書報圖書股份有限公司
地址：24890 新北市新莊區五工五路 2 號
電話：02-8990-2588

法律顧問／眾律國際法律事務所　著作權律師／范國華律師
電話：02-2759-5585　網站：www.zoomlaw.net

印　　刷／世和印製企業有限公司
定　　價／新臺幣 300 元
初版一刷／ 2019 年 11 月

ISBN 978-986-98090-7-8
GPN 1010801497
臺南文學叢書 L118 ｜局總號 2019-502 ｜臺南作家作品集 54

國家圖書館出版品預行編目（CIP）資料

天光雲影【籤詩現代版】/ 林柏維著 . -- 初版 . -- 臺北市 : 蔚藍文化 ; 臺南市 : 南市文化局 , 2019.11
面； 公分 . --（臺南作家作品集 . 第 8 輯 ; 7）
ISBN 978-986-98090-7-8（平裝）
863.51　108014808

臺南作家作品集　全書目

● 第一輯				
1	我們	・黃吉川 著	100.12	180 元
2	莫有無ー心情三印ー	・白聆 著	100.12	180 元
3	英雄淚ー周定邦布袋戲劇本集	・周定邦 著	100.12	240 元
4	春日地圖	・陳金順 著	100.12	180 元
5	葉笛及其現代詩研究	・郭倍甄 著	100.12	250 元
6	府城詩篇	・林宗源 著	100.12	180 元
7	走揣臺灣的記持	・藍淑貞 著	100.12	180 元
● 第二輯				
8	趙雲文選	・趙雲 著 ・陳昌明 主編	102.03	250 元
9	人猿之死ー林佛兒短篇小說選	・林佛兒 著	102.03	300 元
10	詩歌聲裡	・胡民祥 著	102.03	250 元
11	白髮記	・陳正雄 著	102.03	200 元
12	南鵲是我，我是南鵲	・謝孟宗 著	102.03	200 元
13	周嘯虹短篇小說選	・周嘯虹 著	102.03	200 元
14	紫夢春迴雪蝶醉	・柯勃臣 著	102.03	220 元
15	鹽分地帶文藝營研究	・康詠琪 著	102.03	300 元
● 第三輯				
16	許地山作品選	・許地山 著 ・陳萬益 編著	103.02	250 元
17	漁父編年詩文集	・王三慶 著	103.02	250 元
18	烏腳病庄	・楊青矗 著	103.02	250 元
19	渡鳥ー黃文博臺語詩集 1	・黃文博 著	103.02	300 元
20	噍吧哖兒女	・楊寶山 著	103.02	250 元
21	如果・曾經	・林娟娟 著	103.02	200 元
22	對邊緣到多元中心：台語文學 ê 主體建構	・方耀乾 著	103.02	300 元
23	遠方的回聲	・李昭鈴 著	103.02	200 元
● 第四輯				
24	臺南作家評論選集	・廖淑芳 主編	104.03	280 元
25	何瑞雄詩選	・何瑞雄 著	104.03	250 元
26	足跡	・李鑫益 著	104.03	220 元

27	爺爺與孫子	・丘榮襄 著	104.03	220 元
28	笑指白雲去來	・陳丁林 著	104.03	220 元
29	網內夢外一臺語詩集	・藍淑貞 著	104.03	200 元
● **第五輯**				
30	自己做陀螺一薛林詩選	・薛林 著 ・龔華 主編	105.04	300 元
31	舊府城・新傳講一歷史都心文化園區傳講人之訪談札記	・蔡蕙如 著	105.04	250 元
32	戰後臺灣詩史「反抗敘事」的建構	・陳瀅州 著	105.04	350 元
33	對戲，入戲	・陳崇民 著	105.04	250 元
● **第六輯**				
34	漂泊的民族一王育德選集	・王育德 原著 ・呂美親 編譯	106.02	380 元
35	洪鐵濤文集	・洪鐵濤 原著 ・陳曉怡 編	106.02	300 元
36	袖海集	・吳榮富 著	106.02	320 元
37	黑盒本事	・林信宏 著	106.02	250 元
38	愛河夜遊想當年	・許正勳 著	106.02	250 元
39	台灣母語文學：少數文學史書寫理論	・方耀乾 著	106.02	300 元
● **第七輯**				
40	府城今昔	・龔顯宗 著	106.12	300 元
41	台灣鄉土傳奇 二集	・黃勁連 編著	106.12	300 元
42	眠夢南瀛	・陳正雄 著	106.12	250 元
43	記憶的盒子	・周梅春 著	106.12	250 元
44	阿立祖回家	・楊寶山 著	106.12	250 元
45	顏色	・邱致清 著	106.12	250 元
46	築劇	・陸昕慈 著	106.12	300 元
47	夜空恬靜一流星 台語文學評論	・陳金順 著	106.12	300 元
● **第八輯**				
48	太陽旗下的小子	・林清文 著	108.11	380 元
49	落花時節：葉笛詩文集	・葉笛 著 ・葉蓁蓁、葉瓊霞 編	108.11	360 元
50	許達然散文集	・許達然 著 ・莊永清 編	108.11	420 元
51	陳玉珠的童話花園	・陳玉珠 著	108.11	300 元
52	和風 人隨行	・陳志良 著	108.11	320 元
53	臺南映象	・謝振宗 著	108.11	360 元
54	天光雲影【籤詩現代版】	・林柏維 著	108.11	300 元